LES SIRÈNES DÉMONIAQUES

BUFFY CONTRE LES VAMPIRES
AU FLEUVE NOIR

1. *La Moisson*
Richie Tankersley Cusick
2. *La Pluie d'Halloween*
Christopher Golden et Nancy Holder
3. *La Lune des coyotes*
John Vornholt
4. *Répétition mortelle*
Arthur Byron Cover
5. *La Piste des guerriers*
Christopher Golden et Nancy Holder
6. *Les Chroniques d'Angel I*
Nancy Holder
7. *Les Chroniques d'Angel II*
Richie Tankersley
8. *La Chasse sauvage*
Christopher Golden et Nancy Holder
9. *Les Métamorphoses d'Alex I*
par Keith R.A. DeCandido
10. *Retour au chaos*
Craig Shaw Gardner
11. *Danse de mort*
par Laura Anne Gilman et Josepha Sherman
12. *Les Chroniques d'Angel III*
Nancy Holder
13. *Loin de Sunnydale*
Christopher Golden et Nancy Holder
14. *Le Royaume du mal*
Christopher Golden et Nancy Holder
15. *Les Fils de l'Entropie*
Christopher Golden et Nancy Holder
16. *Sélection par le vide*
Mel Odom
17. *Le Miroir des ténèbres*
Diana G. Gallagher
18. *Pouvoir de persuasion*
Elizabeth Massie
19. *Les Fautes du père*
Christopher Golden
20. *Les Sirènes démoniaques*
Laura Anne Gilman et Josepha Sherman
21. *La Résurrection de Ravana* (juin 2001)
Ray Garton

Buffy contre les vampires

LAURA ANNE GILMAN
et
JOSEPHA SHERMAN

LES SIRÈNES DÉMONIAQUES

D'après la série télévisée créée par Joss Whedon.

FLEUVE NOIR

Titre original :
Deep Water

Traduit de l'américain par
Grégoire Dannereau

Collection dirigée par
Patrice Duvic

ISBN : 2-265-07064-5

CHAPITRE PREMIER

Elle était cernée par l'eau. Une eau glauque, sale et froide. D'abord, on se serait cru dans un reportage sur les noyés, quand les bulles d'air remontent vers l'objectif de la caméra. Mais lorsqu'elle essaya de prendre sa respiration, l'eau lui remplit les poumons. Des mains palmées la saisirent, l'entraînèrent dans les profondeurs, loin de l'air... Loin de la vie...

Buffy Summers se réveilla en sursaut et se leva d'un bond, pieds nus sur le sol glacé. Elle était en nage et complètement hirsute. Elle respira, appréciant la sécheresse de l'air hivernal.

— D'accord, dit-elle. C'était carrément désagréable.

Elle était la Tueuse. Celle qui défendait l'humanité contre les hordes de démons et les créatures maléfiques de la nuit. Mais si on faisait abstraction des problèmes quotidiens liés à sa mission, certaines choses n'étaient vraiment pas folichonnes...

Trois fois, en un mois, qu'elle faisait le même rêve. Toujours cette eau froide, puis la noyade…

La veille, elle avait demandé conseil à Giles…

— Ne me dites pas que ma réaction est disproportionnée ! cria Buffy pendant que Rupert Giles, le dos tourné, consultait ses livres.

Ce bon vieux Giles. Son impeccable Observateur tout de tweed vêtu qui, pour une fois, ne lui était pas d'une grande aide.

— « Disproportionnée » est un peu fort, en effet. Mais Buffy, je t'assure, je n'y vois rien d'inquiétant. (Giles referma son livre.) Il existe des paramètres pour l'analyse des présages et des rêves prémonitoires. Tu pourrais les étudier, histoire de te soulager.

— D'accord, sur mon temps libre, alors… Ça ne peut pas être une prophétie ? Ou un truc du genre ?

— J'ai vérifié. Nous allons avoir un printemps chargé, mais je n'ai rien trouvé sur l'eau ou les menaces aquatiques.

— C'est tout ? Vous compulsez un bouquin et hop, « Cool, Buffy, ne t'inquiète pas » ?

— Même la Tueuse peut faire des cauchemars. Ça n'a rien d'anormal.

Giles se leva pour signifier que la conversation était terminée. Buffy le fixa, agacée par ce mélange de paternalisme et de supériorité tranquille.

— Peut-être ces rêves ont-ils pour origine une

expérience aquatique désagréable, ajouta-t-il devant le regard noir de sa protégée.

— Toutes ces années d'études pour me sortir ça ? Non, oubliez… Navrée. C'était pas sympa.

Giles était son Observateur – son mentor, son partenaire, son entraîneur – et il la connaissait mieux que quiconque. Mais il ne lisait pas ses pensées…

Buffy avait déclaré sur un ton catégorique que le traumatisme de sa noyade était depuis longtemps effacé. Mais les membres de l'ancienne équipe de natation, transformés en monstres, hantaient toujours les côtes. Et si son subconscient refusait de se laisser convaincre que l'histoire était réglée, la Tueuse n'y pouvait rien…

On se calme, Summers ! Giles a peut-être raison. Tu stresses trop. Des mauvais rêves, tu en as fait et personne n'est mort.

— En somme, je projetterais des angoisses refoulées dans mes rêves… et c'est normal ?

— En effet.

— Super ! Nos conceptions de la normale diffèrent.

Arrête, Buffy ! Giles sait de quoi il parle. C'est son boulot.

Elle ramassa ses bouquins et se prépara à aller en cours.

— Ça m'apprendra à dire que j'en ai assez des vampires…

— Fais attention à tes désirs, confirma Giles. L'inconscient peut nous jouer de sales tours.

— Inconscient humain, chagrin ! conclut Buffy.

Oui, la veille, tout semblait clair.

Mais à la lueur de l'aube, son instinct lui répétait que Giles se trompait. Son rêve était autre chose qu'une angoisse refoulée.

— Arrête ! Réfléchir conduit à l'obsession, l'obsession aux cauchemars, et les cauchemars à une cellule capitonnée.

Rassérénée, Buffy changea de chemise de nuit et se recoucha. Elle alluma la radio pour écouter une autre voix que la sienne.

— ... les dégâts dus aux fuites du *Roxanne* seront moins étendus que prévu. Le porte-parole de la compagnie a déclaré que les équipes de pompage avaient réussi à empêcher la plus grande partie du pétrole de s'échapper. Néanmoins, les groupes écologistes accusent déjà les propriétaires du bateau, la société *Sea-Rac Shipping*, d'avoir truqué les contrôles techniques. Les équipes de secours se mobilisent pour venir en aide aux oiseaux et aux mammifères marins mazoutés rejetés sur la côte. Selon un porte-parole du Sierra Club...

Super ! pensa Buffy. *Je passe mes nuits à sauver le monde et pendant ce temps, la race humaine s'amuse à le bousiller.*

Le soleil levant se reflétait sur les vagues. La petite plage n'avait jamais plu aux adeptes du bronzage car elle était entourée de rochers et couverte d'ordures et d'algues. Mais la dizaine de jeunes qui marchaient sur le sable humide n'étaient pas venus pour le soleil ou le surf.

Des heures durant, vêtus de coupe-vent jaunes et de jeans, ils avaient arpenté les lieux, éclairant le sable avec leurs torches électriques.

Le travail était épuisant et décourageant.

— En voilà un !

Le cri venait de plus haut et Willow Rosenberg se précipita. De ses mains gantées, elle déplia une grande couverture.

— Oh, la pauvre petite chose ! fit-elle en tendant la couverture au garçon qui avait appelé.

Un goéland argenté remuait faiblement, son plumage blanc et gris couvert de taches sombres. Le résultat de la marée noire qui avait touché la côte la veille au soir… Au moins, l'oiseau était vivant.

— Nous allons y arriver, Sean ?

— Je crois, répondit le secouriste. Je l'emmène au camion. Essaye d'en repérer d'autres. Mais souviens-toi, ne les touche pas ! Appelle et attends-moi.

— Compris, répondit Willow en le regardant envelopper l'oiseau dans la couverture avant de le porter vers la route où attendait la camionnette du *Marine Wildlife Rescue*. Pauvre petite chose…

Elle fit une grimace en voyant le sable souillé par les plaques de mazout qui avaient étouffé la dizaine d'oiseaux récupérés au matin. Une équipe de télé était venue plus tôt, mais la fastidieuse mission des secouristes n'était pas un sujet très médiatique… Les journalistes avaient vite plié bagage.

Les marées noires ne faisaient plus les gros titres.

Si je mets la main sur les responsables, je... je... je les transformerai en grenouilles et je les jetterai dans les égouts ! Ils verront ce que c'est d'être englué et étouffé !

Pour la majorité des oiseaux, les secouristes n'avaient rien pu faire. La vue des petits corps sans vie avait rendu Willow folle de rage. Mais il n'y avait aucun recours rapide contre les responsables de la marée noire. Les avocats monteraient au créneau et les procédures prendraient des années.

Tout ce que le commun des mortels pouvait faire entre temps, c'était nettoyer.

Le goéland est vivant, se souvint-elle. *Certains survivront grâce à nous*.

Une petite voix – qui ressemblait beaucoup à celle de sa mère – lui rappela qu'elle avait cours le lendemain et qu'elle ne serait bonne à rien si elle ne dormait pas.

Willow refusa d'écouter la voix... Un acte de rébellion dont elle aurait été incapable quelques années auparavant.

Les années *AB*. *Avant Buffy*.

Sauver des vies, n'importe lesquelles, était plus important que sa moyenne scolaire. De plus, elle n'avait pas de contrôle ce jour-là. Elle ferait une petite sieste à la bibliothèque. Après tout, elle ne veillait pas plus tard que lors d'une soirée de révisions intensives. Ou d'une nuit passée à sauver le monde...

Un gémissement attira son attention.

Willow hésita. Ce n'était pas un oiseau... Un phoque se débattant dans une nappe de pétrole ? Quelques-uns avaient été aperçus dans les environs.

Mais... un autre secouriste l'aurait vu avant elle...

Un second gémissement s'interrompit brutalement. Willow regarda autour d'elle.

Par là, décida-t-elle avant de s'immobiliser.

Pourquoi cette décision soudaine ?

Quelque chose la troublait... Un tiraillement... Comme avant un sort réussi. Ces derniers mois, elle avait appris à reconnaître cette sensation.

Attention ! Ce n'est pas parce que tu es hors de Sunnydale qu'il n'y a plus de danger...

Willow grimpa sur le plus gros rocher et chercha la source du gémissement.

— Où es-tu ? demanda-t-elle doucement. Pauvre petit animal, je ne vais pas te faire du mal. Allez, laisse-moi te voir. Je viens t'aider...

Elle s'interrompit, les yeux ronds.

— Oh ! Mon Dieu...

Sous son étrange couverture brune, la fillette était nue. Malgré son petit corps musclé, elle donnait l'impression d'être faible et perdue.

Elle a peur, pensa Willow. *Cette enfant est terrifiée. Par moi ?*

L'inconnue fixa Willow avec de grands yeux sombres, puis essaya de ramper avant de crier de douleur.

— Attends ! Je vais t'aider. Comment es-tu arrivée ici ? Tu es tombée ? Où sont passés tes vêtements ?

La fillette gémit, et se plaqua contre le rocher.

— N'aie pas peur. Je m'appelle Willow. Et toi ?

La petite serra sa couverture contre elle.

Me comprend-elle ? Est-elle à l'origine du tiraillement magique ?

Elle s'accroupit près de l'enfant et tendit une main lentement, comme elle aurait fait pour un chien perdu. Puis ses doigts touchèrent la couverture.

Ce n'est pas du tissu. On dirait de la peau... chaude et lisse... Comme du daim. Mais elle est bizarre... comme si elle était couverte... de pétrole.

— Oh ! s'exclama Willow, comprenant soudain. Oh, mon Dieu !

CHAPITRE II

— Encore…

La voix était britannique, masculine et épuisée. Giles, naturellement. Serrant la main de l'étrange petite fille, Willow poussa les portes et entra.

En cas de doute, direction la bibliothèque. C'était le credo des compagnons de la Tueuse, quand ils étaient confrontés aux morts-vivants, aux monstres… ou simplement à l'étrange.

Le vacarme, dans la pièce, n'avait rien d'étonnant : la Tueuse était en plein entraînement matinal, plus connu sous le nom de « Chemin de Croix de l'Observateur ».

Elle a une telle pêche ! pensa Willow, admirative.

La Tueuse décochait des coups de pieds en série dans la cible présentée par Giles. Il reculait après chaque coup. Buffy luisait de sueur, mais elle souriait, vibrante d'énergie.

C'est ce qu'on gagne à tuer chaque jour des vampires : la forme.

Willow tourna la tête et sourit. Oz était là, dévorant son petit déjeuner « post-loup-garou ».

Il lui sourit aussi et elle s'illumina.

La fillette inconnue étudia Oz, puis jeta un regard inquiet à Willow, comme si elle attendait des explications.

Willow et elle avaient fait le trajet de retour en bicyclette, enveloppées dans un ciré jaune. Les craintes de l'enfant semblaient s'être apaisées. Elle s'était même serrée contre Willow. Mais les têtes nouvelles l'effrayaient.

— Ne t'inquiète pas, dit Willow. Ce sont mes amis.

Buffy n'avait pas besoin de tourner la tête pour savoir que quelqu'un était entré dans la bibliothèque. Ce n'était pas un vampire, il faisait jour… Et Snyder était parti en conférence à Los Angeles pour la semaine. Elle prit son temps, donna un dernier coup de pied et profita de l'élan pour se tourner vers la porte, les mains sur les hanches.

Elle accueillit Willow avec un sourire avant de poser les yeux sur la petite fille qui l'accompagnait.

Giles et la Tueuse se regardèrent, intrigués, avant d'approcher.

— Salut les gars ! lança Willow en empêchant discrètement la gamine de fuir. Vous avez une minute ?

Quand Alex arriva, la petite s'était un peu calmée. Elle portait un T-shirt trop grand et un pantalon de survêtement raccourci, sortis du casier de Willow. Assise sur l'une des chaises, elle regardait autour d'elle. La peau de phoque qu'elle tenait toujours semblait être la seule chose qui l'empêchait de tomber raide morte.

Comme un doudou, pensa Buffy.

— Entre le tiraillement magique, la peau et le pétrole, je me suis demandé si elle était humaine, expliqua Willow. Pourquoi aurait-elle échoué sur la plage, sinon ? Elle a dû être prise dans la marée noire… Et je n'allais pas l'abandonner. Je l'ai amenée pour que vous me disiez quoi faire… Alors ?

Buffy se tourna vers Giles. C'était lui l'expert en bizarreries. Et il avait l'air de suivre l'exposé de Willow… C'était le seul, d'ailleurs.

Buffy agita une main devant son amie.

— Hou, Willow ! Je ne comprends pas. Tu veux dire que cette gamine est une sorte de créature marine ?

— En me fondant sur les observations de Willow, je pense qu'il s'agit d'un selkie, répondit l'Observateur.

— Un sulky, comme dans les courses de chevaux ?

— Selkie, *s-e-l-k-i-e*, corrigea Giles. Une créature de l'océan. Une métamorphe. L'enfant a l'air humaine sans son manteau de peau de phoque, mais croyez-moi, elle ne l'est pas.

— C'est ce que je pensais, dit Willow. Mais je

n'avais jamais rencontré de selkie, enfin, je crois, alors je n'étais sûre de rien et…

— Respire, suggéra Alex. Ça aide.

— Ce doit être la peau, continua Willow. La magie, je veux dire… La peau lui permet de se transformer en phoque pour vivre dans l'océan.

— Fascinant…, fit Giles. D'après les contes, les selkies vivent sur les côtes d'Irlande, ou près des contrées à tradition celtique. (Il s'interrompit pour étudier leur invitée.) Mais vu la variété de la faune marine sur notre côte, je ne suis pas si surpris…

— C'est vrai, dit Willow. Il y a une grosse population de phoques… On en trouve jusqu'à Mexico. La famille de la petite vit peut-être avec eux… Ou ils sont voisins…

— Je vois, dit Oz.

— Bon, intervint Buffy avant que Willow ou Giles ne passent en mode « accablons nos amis d'informations incompréhensibles ». On va faire simple, d'accord ? Vous dites que la fillette est parfois un phoque. Sauf quand elle ne l'est pas… Il ne s'agit pas d'un vampire, elle n'est pas là pour tout détruire… Donc, ce n'est pas mon problème. Oz, c'est ton rayon !

— Super, lança Alex. Deux métamorphes pour le prix d'un. Où est le zoo de la Bouche de l'Enfer ? Ils nous la prendraient pour pas cher…

— Alex ! s'exclama Willow, indignée.

— Techniquement, un selkie n'est pas une créature garou, précisa Giles. Pas au sens traditionnel du terme… Ce serait plutôt le contraire. Un garou prend l'apparence d'un animal. La forme naturelle du selkie, c'est le phoque. C'est quand ils… retirent… leur peau qu'ils deviennent humains.

— Pourquoi ne remettons-nous pas la petite dans sa peau pour la renvoyer d'où elle vient ? demanda Buffy.

— Parce que la peau est couverte de pétrole, rappela Willow. J'ai essayé d'enlever les taches, mais elles ne partent pas. Et j'ai peur de… d'abîmer sa magie si je frotte trop. De plus, chaque fois que j'essaye de lui faire lâcher son manteau, elle se replie sur elle-même… J'ai l'impression de torturer un chiot !

— Bien sûr, dit Giles. L'idée de perdre sa peau la terrifie. Beaucoup de récits parlent de selkies pris au piège sur terre, à cause de leur peau volée par des humains… Ils doivent aussi circuler parmi son peuple. Quant au pétrole… je crains que les méthodes habituelles ne fonctionnent pas sur un sujet aussi paranormal…

— Que faisais-tu sur la plage à cette heure-ci, Willow ? demanda Buffy. Les promenades avant l'aube peuvent être romantiques, mais…

— Non, non, c'était la pleine lune, dit Oz.

Buffy fixa Willow, attendant une réponse.

— Je n'avais pas le choix ! Je suis un E.L.F. !

Un ange passa dans la pièce. La selkie regarda tout ce petit monde, étonnée par le changement de ton.

— D'accord, dit Buffy avant de se tourner vers

son Observateur. Rassurez-moi, je ne suis pas obligée de tuer les elfes, n'est-ce pas ?

— Eh bien, non, je ne crois pas...

— Un E.L.F. ! répéta Willow. *Emergency Local Force*. Les Forces d'Urgence Locales. Mon père m'y a inscrite. Il est écologiste... J'y suis depuis des années. Enfin, je ne faisais rien, parce qu'il n'y avait rien à « faire », mais j'étais prête. Nous sommes volontaires. Quand un problème survient, comme cette marée noire, on nous contacte. C'est pour ça que j'étais sur la plage... Où je l'ai trouvée. Ecoutez, je suis debout depuis trois heures du matin et je commence à en avoir marre... Nous devons prendre une décision !

Buffy jeta un coup d'œil à la selkie qui la fixa, les yeux ronds comme ceux d'un chiot.

— Déterminons d'abord combien de temps durera le nettoyage du manteau, proposa Willow. D'accord ? Ensuite, il faudra lui trouver un endroit où se reposer...

— Où ? demanda Alex. Ta mère n'est pas une flèche, Willow, mais elle remarquera que quelqu'un dort dans la baignoire. Surtout si elle est remplie d'eau.

— Oubliez-moi, dit Buffy. Ma mère a assez d'ennuis en ce moment. Alex et Oz... Impossible, n'est-ce pas ?

Alex hocha la tête. Oz réfléchit.

— Ça poserait des problèmes, dit-il enfin.

— Je vais la garder avec moi.

Tout le monde se tourna vers Giles, qui haussa les épaules.

— La maison est grande. Si quelqu'un pose une question, je dirai qu'il s'agit… de la fille d'un ami.

— Et elle est assez jeune pour que personne ne se pose de questions déplacées, assura Alex. D'ailleurs, avcc votre personnalité…

— Merci, Alex. Enfin, je crois.

Buffy s'agenouilla devant la selkie.

— Salut, toi.

Aucune réponse, sinon le regard fixe des grandes pupilles sombres qui commençaient à agacer Buffy.

Les selkies clignent-ils des yeux ?

— Pas très causante, hein ? fit Oz.

— Vous devriez vous entendre, dit Buffy.

Elle est inoffensive. Une petite fille phoque… Quels dégâts pourrait-elle faire ? Les phoques mangent du poisson, pas des humains.

— Eh oui, dit Oz. Les gens petits et silencieux sont le sel de la terre.

— Elle n'a pas lâché un son durant tout le trajet, ajouta Willow. Même quand j'ai essayé de la faire grimper sur mon vélo. Vous pensez qu'elle est muette ?

— Comme la petite sirène, dit Buffy. Elle a échangé sa voix contre ses jambes.

— Les phoques s'expriment, en principe, objecta Giles. Peut-être ne connaît-elle pas le langage humain. Une étrangère en terre étrangère… si j'ose dire.

Il se dirigea vers les étagères, sortit un gros volume et commença à le feuilleter.

— Les selkies sont plutôt populaires dans les mythologies modernes. Un grand nombre de textes leur sont consacrés. Hélas…

— Il va falloir faire le tri ? comprit Willow en échangeant un regard avec l'Observateur. Tant pis, mieux vaut trop d'informations que pas du tout.

— Ça nous changera, soupira Alex. Mais ce sera moins sympa si nous devons nous taper la lecture de tout ce fourbi… Je me désigne donc comme Fournisseur officiel de biscuits et de jus d'orange.

La pendule indiqua sept heures quarante-cinq et la sonnerie résonna dans la bibliothèque. La selkie sursauta comme un lapin affolé.

— Holà, Ariel ! dit Oz. (Il tendit la main, prenant garde de ne pas l'effrayer.) Du calme.

— Ariel ? répéta Buffy.

— Oui, fit Oz, un peu embarrassé. Comme tu as dit… La petite sirène. Muette. Version Walt Disney.

— Parfait ! s'exclama Willow.

— Ce le serait si vous n'arriviez pas en retard en cours, coupa Giles. Vous avez classe, non ?

— Littérature ! s'écria Buffy.

— Maths, dit Willow. Giles, ça va aller ?

L'Observateur avait déjà le nez dans ses livres. Il leur fit signe de se sauver.

— Ne vous inquiétez pas. J'ai une certaine expérience de… baby-sitter.

Avoir une selkie dans la bibliothèque ne suffisait pas à éclairer une journée. Les lycéens arrivaient en classe, s'asseyaient, se levaient, partaient dans une autre classe…

— Je suis presque certaine d'avoir réussi le contrôle, dit Buffy à Alex. Mais je…

— Oh, mais voilà les Ringards Associés ! lança une voix trop familière.

Buffy fit la grimace.

Je n'ai vraiment pas besoin de ça aujourd'hui…

Aujourd'hui ou n'importe quel autre jour. La Tueuse s'interposa entre Alex et son ancienne petite amie… Trop tard.

— Mais voilà l'aimable Cordélia ! riposta Alex. Où est le reste de ta bande ? Ils rangent les balais ?

— Alex, du calme ! ordonna Buffy.

— C'est gentil, Buffy, ironisa Cordélia. Tu as essayé la laisse avec lui ?

Sans attendre de réponse, elle s'éloigna. Tout le monde se poussa pour la laisser passer. Marginal ou branché, personne ne voulait croiser Cordélia Chase quand elle était de cette humeur.

Alex laissa échapper un soupir.

— Elle est si…

— Non, dit Buffy. Ça suffit ! Si Cordélia et toi ne pouvez pas vous comporter comme des gens civilisés, arrêtez de vous parler. Franchement, je préférais quand vous vous pelotiez dans le placard à balais toutes les deux minutes.

— Ce n'est pas moi qui ai commencé ! protesta Alex.

— Mais tu es assez intelligent pour terminer…, d'accord ?

Alex haussa les épaules, l'air indifférent. Buffy soupira. Même si elle ne l'admettrait jamais, Cordélia lui manquait. La crise avait modifié la dynamique de l'équipe.

Enfin… Les choses s'étaient arrangées entre Willow et Oz. Peut-être les deux autres se calmeraient-ils aussi. Cordélia reviendrait. Ou pas.

Tout le monde la regardait. Tous l'avaient vue parler à son ex-petit ami le ringard et à Buffy… et ils la dévisageaient. Sans parler et…

Suffit, se dit Cordélia. *Continue, Chase ! Avance. Si tu t'arrêtes maintenant, quelqu'un dira quelque chose et il faudra que tu te justifies. Avance…*

Pas bon ! Elle devait disparaître, au moins une minute. Elle se souvint de ce qu'elle tenait. Un livre ! La bibliothèque. Bien. Un ouvrage rendu très en retard, était synonyme d'un bibliothécaire en colère.

Peu de lycéens empruntaient des livres. En fait, personne ne mettait les pieds dans la bibliothèque, à part Buffy et sa bande, et de toute façon, c'était la pause et il n'y aurait que…

— Giles, je viens rendre ce bouquin, celui avec la créature monstrueuse. Vous savez, ce truc vraiment bizarre… Là… Oh, salut !

La petite fille ne devait pas avoir plus de dix ou onze ans. Sa tignasse brune aurait eu grand besoin d'une coupe, mais avec sa frimousse triangulaire, l'effet était plutôt réussi. Et elle avait les plus grands yeux que Cordélia ait jamais vus, presque ronds, comme deux pièces de monnaie.

Giles n'était nulle part en vue. Cordélia s'approcha.

— Qui es-tu ? Tu as atterri sur le pas de porte de Giles ce matin ?

La gamine leva le menton mais ne dit rien.

Une étrangère, supposa Cordélia.

Pas une Française… elle aurait été informée si une famille française avait emménagé en ville. Peut-être une Russe. Elle en avait l'allure. Une réfugiée, c'était certain.

Après les vampires, des sans-abri !

Les vêtements que la gamine avait sur le dos appartenaient à quelqu'un d'autre… ils ne lui allaient pas du tout.

— Ce n'est pas le plus « in » des endroits, tu sais, dit Cordélia. Il n'y a pas un magazine. Et tu ne devrais pas regarder les images de certains livres. Elles te donneraient des cauchemars pendant des mois. Je suis sûre que Giles ne s'est pas demandé une seconde si tu étais à l'aise dans ce grand fauteuil.

Le bibliothécaire choisit cet instant pour sortir de son bureau, un livre sous le bras, un autre ouvert dans la main.

— Quoi ? Oh, bonjour, Cordélia.

— Nouvelle assistante ? demanda Cordélia en désignant la petite fille. Ou nouvelle démone ?

— Ah, non, je… je la surveille ce matin. Oui,

merci de m'avoir rapporté le livre. Sans taches de café, cette fois ?

— Aussi neuf qu'avant. Et inutile. La prochaine fois, rappelez-moi d'emprunter des documents datant de moins d'un siècle.

— Oui, bien…

— Bien.

Cordélia posa le livre sur le comptoir et s'offrit une sortie aussi théâtrale que possible, compte tenu de l'absence de spectateurs.

CHAPITRE III

— Une selkie ?

— C'est ce que Giles a dit, fit Buffy en se retournant et embrochant un vampire qui fonçait sur eux. C'est mon idée, ou les buveurs de sang de cette ville manquent de style ? Enfin, même ma mère aurait pu l'avoir...

Buffy essuya son gilet noir.

— Je devrais choisir des vêtements qui n'accrochent pas autant la poussière.

— Nous avons des selkies, maintenant ? demanda Angel alors qu'ils reprenaient leur promenade dans le cimetière.

C'était la nuit suivant la pleine lune. Alex surveillait Oz.

Willow et Giles cherchaient des informations sur Ariel.

— Je n'ai jamais prêté attention à ces légendes, continua Angel en regardant un trou béant dans le gazon. J'ai toujours cru qu'il s'agissait de contes pour enfants... Une façon pour certaines familles d'oublier leur médiocrité. Buffy ? Un problème ?

— Non, rien…

— Rien ? répéta Angel. Tu es tendue, ce soir. Et ne me dis pas que c'est à cause du travail. La ville est calme depuis une semaine. Ce n'est pas la selkie non plus, tu es capable de t'occuper d'une fillette normale. Enfin, « normale », version Sunnydale.

— Le boulot me tape sur les nerfs… c'est tout.

— Tu veux en parler ?

— Pas vraiment. Et puis, nous avons de la compagnie.

Buffy prit le vampire par le bras, l'envoya sur Angel pour qu'il s'en occupe et réduisit en bouillie la rotule d'un autre vampire. Elle se baissa pour éviter l'attaque d'un troisième, lui souhaita « bonne nuit » et l'embrocha. Le vampire qu'elle avait estropié revint vers elle en boitillant. Elle le projeta par-dessus son épaule et il atterrit… sur son pieu.

— Au revoir ! lança Buffy de sa plus belle voix d'hôtesse de l'air.

— Tu te sens mieux ? demanda Angel.

— Oui. Parfois, c'est amusant d'être moi.

— Alors, qu'est-ce qui te tracasse ?

— Angel…

Elle s'interrompit, sa bonne humeur envolée. Il ne laisserait pas tomber ; ça se voyait dans ses yeux.

Ça ne rate jamais. Quand on aborde le sujet de notre non-relation, il tourne autour du pot. Mais s'il s'agit d'un sujet qui ne nous concerne pas, il est… franchement agaçant.

Angel attendait. Elle lui parlerait... Elle finissait toujours par lui parler.

— Rien. Seulement... que sais-tu des selkies ?

— Légende celte, en vogue chez les populations côtières. Des histoires de pêcheurs. Dans l'eau, les selkies seraient des phoques, et hors de l'eau des humains. Leur peau magique leur permet de se transformer... mais tu connais déjà tout ça...

— Difficile de l'ignorer. Surtout quand une selkie dotée d'une peau hors service squatte chez Giles.

— Les légendes dont je me souviens traitent d'adultes... Des mâles essayant d'attirer des humaines... ou des femelles capturées par des humains qui les forçaient à les épouser. D'après les contes, les mariages étaient rarement heureux. Mais il existerait de lointains descendants de ces unions, avec seulement les doigts et les orteils palmés comme trace de leur héritage...

— Les selkies ne sont pas des créatures maléfiques ? demanda Buffy après un coup d'œil rapide à ses mains.

— Non. Cruelles, parfois, selon les critères humains. Mais Giles doit en savoir plus que moi...

Un vampire surgit de derrière une tombe... et hésita quand il vit qui l'attendait.

— Monsieur Lawrence... Je me demandais quand vous alliez revenir me pourrir la vie ! dit Buffy en avançant vers son ancien moniteur d'auto-école, pieu au poing.

— En vérité, je ne sais rien des selkies, admit Giles en levant les yeux des livres posés sur son bureau. Puisqu'ils sont considérés comme inoffensifs, je n'avais aucune raison de les étudier.

— Ou de faire des recherches poussées à leur sujet, ajouta Willow, en refermant un autre ouvrage.

Ils s'étaient installés dans l'appartement de Giles pour éviter qu'Ariel se fasse remarquer. Les volumes empruntés à la bibliothèque transformaient le logement en une annexe de librairie. Mais les humains ne semblaient pas s'en formaliser, enjambant les piles et feuilletant les grimoires en toute décontraction.

— Autant de bouquins, tous inutiles ! protesta Willow. Et les sites Web… des contes de fées qui ne collent même pas avec les légendes plus anciennes, comme si les gens les avaient tout bonnement inventés.

— C'est ce qu'ils ont probablement fait, lui rappela Giles. Si tu ne crois pas à quelque chose, pourquoi ne pas l'interpréter ? C'est la malédiction du spécialiste du folklore… et de l'occultiste.

Recroquevillée sur le canapé, Ariel regardait les deux humains. Elle s'accrochait toujours à sa peau de phoque, mais semblait plus détendue. La faire entrer dans la voiture de Giles avait été une sacrée aventure. (Commentaire d'Alex : même chez les selkies, on savait que la Gilesmobile était dangereuse.) Une fois à l'intérieur de l'appartement, la gamine s'était calmée. Les bruits soudains, comme la sonnerie du téléphone, ne la faisaient plus sursauter.

— Hélas… continua Giles en levant les yeux vers Willow. Les légendes romantiques plaisent à une certaine frange de la population. Les selkies n'intéressent pas les Observateurs. Ils restent entre eux, sauf à de rares occasions où l'un d'eux vient chercher un compagnon sur la terre ferme. Mais très peu de ces cas ont été vérifiés. Les renseignements sont plutôt maigres.

— Comme vous dites ! Ces livres rabâchent tous les mêmes choses et se contredisent allègrement, et… et…

— Bienvenue dans le monde merveilleux des sources secondaires de recherche ! Tu sais désormais pourquoi je préfère les sources primaires. Bien sûr ! Pourquoi n'y ai-je pas… ?

Il tapota la pile de livres posés sur son bureau, claqua des doigts et se leva.

— Giles ? demanda Willow, le voyant monter l'escalier qui menait à sa chambre.

Ariel leva les yeux, regarda les marches puis Willow, comme si elle demandait où était passé le grand mâle.

— Tout va bien, dit sa protectrice. Tout va bien.

Rassurée, la selkie poussa un gémissement qu'un site Internet sur les phoques traduisait par un signe de satisfaction.

Pour les phoques en tout cas. C'était peut-être différent pour les selkies.

Willow posa une main près de la petite fille, évitant de la toucher pour la rassurer. Plus elle le ferait, plus vite Ariel accepterait ce geste de réconfort. Du moins, en théorie.

— Si nous devons t'aider, il va falloir examiner ta peau de plus près. Et toi. Tu devras nous faire confiance. Sinon, tu resteras coincée à Sunnydale… Et il y a des endroits plus sympas, si tu vois ce que je veux dire. Mais tu ne vois rien du tout ! Tu ne parles pas notre langue. C'est un problème que nous n'avions pas encore rencontré. Tous les démons la parlent… C'est le langage officiel de l'enfer ? A moins qu'ils n'aient une sorte de traducteur universel ? Un sort qui serait pratique en cours de langues. Giles ! Avez-vous trouvé quelque chose ?

L'Observateur s'arrêta sur la dernière marche, le nez plongé dans un livre.

— Oui. Je crois. Le *Treoir Praiticuil Muiri*, de Honigsberg et O'Hogan.

Ariel poussa un petit gémissement.

— Du gaélique irlandais, continua Giles. Traduction : « Guide maritime pratique ». Je l'ai acheté dans une petite librairie il y a des années, et je n'ai jamais eu le temps de le lire…

— Attendez ! Vous avez cité le titre en gaélique. Ariel, tu parles gaélique ? Moi non, mais… Giles ?

L'Observateur regarda Willow puis la selkie.

— A vrai dire, je ne le parle pas très bien… heu… *Caintigh Gaelige* ?

Ariel émit un bruit qui, chez une enfant normale, serait passé pour un petit rire.

— *Se'fo'd'ach.*

— Bon sang ! s'écria Willow. Elle a parlé !

— Je crois qu'elle vient de me traiter… d'idiot, dit Giles, sans savoir s'il devait se sentir insulté. Son accent n'est pas meilleur que le mien et ma syntaxe est un peu rouillée, mais…

Il essaya quelques phrases. Ariel écoutait, sans répondre.

Giles abandonna.

— Le gaélique est peut-être la seconde langue de son peuple. Le souvenir d'une époque où les selkies fréquentaient les pêcheurs des villages côtiers. Mais les différences entre mon gaélique et le sien ne nous aideront pas à communiquer. (Il brandit le *Treoir Praiticuil Muiri*.) Au moins, nous sommes sur la bonne piste.

Le livre n'est pas très impressionnant, pensa Willow. Relié normalement, il paraît moins ancien que maints grimoires de Giles.

Elle tendit la main et l'Observateur lui donna l'ouvrage.

Willow le feuilleta. Le texte était écrit dans une langue qu'elle ne connaissait pas.

— Quelque chose pourrait nous être utile, Giles ? demanda-t-elle.

— Peut-être… Voyons… « du côté des vagues, du côté des vagues », hum… *Go brach'*.

— *Go brach*, répéta Ariel. *Go deo !*

Sa voix était douce, mais plus grave que celle d'une fillette humaine de son âge.

— *Pour toujours !* s'exclama Giles, triomphant. *Au côté des vagues, pour toujours…* Un sort utilisé par un métamorphe qui voulait retourner à la mer. Peut-être un descendant d'un selkie et d'un humain.

— Mais ça ne nous aidera pas à nettoyer la peau.

— Heu, non, avoua Giles en feuilletant rapidement le livre. J'ai vraiment besoin de travailler mon gaélique.

— Je peux peut-être dénicher d'autres indices sur le Net ? proposa Willow.

— Cela vaut le coup d'essayer. Même si j'imagine mal qu'on mette en ligne une information aussi ésotérique...

— Croyez-moi, tout ce qui est bizarre se retrouve sur le Net.

— Ce qui tendrait à prouver que j'ai raison, non ?

Un éternel sujet de polémique entre eux, qu'ils ne régleraient pas de sitôt.

— Il y a aussi un paragraphe intéressant sur le mode de vie des selkies et leurs migrations, ajouta Giles.

— *Rachaidh me ann go !* lança Ariel en les regardant, pleine d'espoir.

— « Je veux y retourner », dit Giles. Je crois...

— Elle veut rentrer chez elle, compatit Willow. Pauvre petite.

— Eh bien... au moins, ça nous change de nos problèmes habituels, conclut Giles en se plongeant de nouveau dans le guide. Un changement bienvenu.

Les ombres du soir descendaient sur la plage à présent déserte. Les camions et les équipes de secours avaient disparu. Quelques plaques sombres souillaient encore le sable et les rochers. D'autres volontaires viendraient le lendemain, mais pour l'essentiel, le nettoyage, celui des humains et de Dame Nature, était terminé. Les efforts se déplaceraient vers les laboratoires de San Diego, où des vétérinaires et des laborantins essayeraient de traiter les animaux récupérés sur la côte. Dans quelques jours, les rescapés seraient renvoyés dans leur habitat.

Le seul être vivant, sur cette bande de sable, était un homme, les mains enfoncées dans les poches de son coupe-vent marron foncé. Sa voiture de location était garée sur le bas-côté, derrière lui.

Trop tard. Encore !

Il avança au bord de l'eau. Le soleil éclairait son visage anguleux encadré par des cheveux bruns grisonnants.

— Où es-tu ? demanda-t-il à voix haute. Où es-tu ?

Pas de réponse, à part le cri strident d'un goéland qui tourbillonna au-dessus de lui avant de disparaître.

L'homme identifia l'oiseau et se concentra de nouveau sur l'océan. Puis il haussa les épaules et regarda la plage. De temps en temps, quelque chose attirait son attention et il se penchait pour l'étudier. Il fouillait aussi les rochers, passant sa main dans les anfractuosités.

Un homme investi d'une mission et déterminé à trouver ce qu'il cherchait à tout prix.

Une sonnerie retentit. Il se redressa et sortit un téléphone portable.

— Ici le professeur Lee ! Qu'avez-vous pour moi ?

La réponse ne lui plut pas.

— Idiot ! Si vous m'aviez prévenu plus tôt… (Il contint sa colère et écouta les excuses de son interlocuteur.) Bien. Je veux les noms des membres des équipes de secours, tous ceux qui ont participé de près ou de loin au nettoyage. Non… Le rapport de Los Angeles était clair. L'un d'eux au moins s'est fait prendre par la marée noire… Il sera impuissant jusqu'à ce qu'il rejoigne son groupe. Je ne le laisserai pas s'échapper. Pas cette fois.

Il éteignit le téléphone et le rangea, puis fixa l'horizon, où le bleu-gris de la mer se fondait avec celui du ciel.

— Pas encore !

CHAPITRE IV

— Ça suffit. Et je suis sérieuse. La prochaine fois, c'est Giles qui nettoie ! dit Joyce lorsque sa fille entra en trombe dans la maison. Ses cheveux étaient couverts d'une matière bleue gluante. A vrai dire, elle en était couverte de la tête aux pieds !

— Mon Dieu ! fit Joyce, tentant de contenir son hilarité.

Aurait-elle dû être inquiète ? De toute évidence, Buffy n'était pas blessée... Elle éclata de rire.

— Merci, maman.

— Puis-je demander de quoi il s'agit ?

— Un méchant.

— Quoi ?

— Un méchant, répéta Buffy. Gros, bleu, affreux.

— Explosif ?

— Explosif. Giles m'a dit de l'embrocher, résultat... (Elle désigna ses vêtements.) Je suis toute engluée...

Joyce éclata de nouveau de rire.

— Maman !

— Va te laver. Un bon bain chaud et tu te sentiras mieux.

Buffy eut un frisson qui força Joyce à s'arrêter de rire.

— Je vais faire l'impasse sur le bain. Ça va, je suis seulement fatiguée. La patrouille a été longue. Bonne nuit, maman.

— Bonne nuit, ma toute douce.

Certaines mères avaient des filles obsédées par les garçons, le rock ou les sectes. La sienne revenait à une heure du matin « toute engluée » par le sang d'un méchant bleu.

Joyce retourna à son téléfilm.

Le professeur Lee fixait l'écran de son ordinateur.

Tous les graphiques et schémas démontraient que les hommes maîtrisaient à la perfection les phénomènes terrestres.

Ou qu'ils croient les maîtriser, corrigea-t-il.

Avec un soupir, il s'éloigna du bureau. Les masses continentales n'avaient plus aucun mystère. Leurs derniers secrets étaient à portée des humains.

Mais l'eau recouvrait les trois quarts de la planète. Les véritables énigmes étaient là ! L'océan se moquait de ce qui se passait sur les continents. C'était un monde étranger, plein de fureur et de silences incompréhensibles. Et malgré ce que pensaient les hommes, il n'était pas encore dompté.

La mer était cruelle avec ceux qui n'appartenaient pas à ses profondeurs.

Lee voulut éteindre l'écran, mais ses doigts effleurèrent la surface de verre.

— Si cruelle, répéta-t-il doucement.

Quelque chose s'éveilla dans les abysses de la côte californienne. Quelque chose qui étira ses longs bras et ses longues jambes, puis fit travailler ses mains griffues avant de s'élancer vers la surface. La créature creva les eaux, aspirant une grande goulée d'air quand ses poumons changèrent d'environnement. Elle regarda autour d'elle. A la lumière blafarde de la lune, elle avait l'air… presque humaine.

Un poisson sauta à la surface. La créature bondit ; ses griffes se refermèrent sur sa proie. Elle mordit à pleines dents…

… Et recracha ! Empoisonné ! Immangeable, souillé par la pourriture qui avait tout infecté.

Assez, pensa-t-elle. *Trop. Depuis trop longtemps.*

La créature plongea de nouveau, chassant l'air de ses poumons, ses branchies filtrant l'eau pure.

— Venez, dit-elle dans le langage silencieux de l'océan. Venez.

Ses compagnons nagèrent vers elle, leurs formes vaguement humaines, comme la sienne. Mais aucun humain n'avait des cheveux semblables à des algues et la peau couverte d'écailles. Ou des dents pointues comme celles d'un requin.

— Frères, dit la première créature, une nouvelle proie est apparue.

— Un naufrage ? demanda une autre, affamée. Des corps flottants, doux et salés ?

— Il n'y a pas de navires, annonça une troisième. Le domaine de chasse est pauvre en gibier ! Nous mangeons des poissons depuis trop longtemps et même eux sont souillés ! Ce n'est pas une vie pour des chasseurs !

Les autres membres de la meute acquiescèrent. Les merrows, noirs cousins des sirènes, se nourrissaient principalement de viande et de sang… Ceux des poissons, des phoques et des humains quand ils pouvaient leur mettre les griffes dessus. Depuis que l'humanité voguait sur les flots, les merrows abordaient les vaisseaux, provoquant des naufrages et attirant les marins imprudents afin de les dévorer.

Aujourd'hui, les navires étaient en métal, beaucoup plus difficiles à attaquer. Les hommes écoutaient avec des machines, pas avec leurs oreilles, et les piéger n'était plus possible. Aucun merrow de la meute n'avait goûté de chair humaine.

— Ma parole fait loi ! déclara le premier merrow. A moins que vous ne vouliez me défier ?

Le premier merrow et le troisième se tournèrent autour… jusqu'à ce que le troisième recule et flotte entre deux eaux, une attitude de soumission. Le premier sourit. Une grimace de mépris.

— Il y a une façon plus facile de chasser. Plus agréable.

Tous écoutaient à présent, avides de savoir.

— Ne les avez-vous pas vus, sur la côte, pratiquement dans les vagues ? Osant empiéter sur notre domaine, flottant sur leurs esquifs comme si nous n'existions pas !

Les autres merrows s'agitèrent.

— Quoi ? Chasser près de la terre ? Sur terre ?

— Oui...

— Nous n'avons jamais chassé sur la terre ferme !

— Jusqu'à aujourd'hui !

— Ce ne sont pas nos coutumes ! Dehors, nous sommes lents et maladroits !

— Ils viennent dans nos eaux et ils survivent ! Ils s'adaptent, alors pourquoi pas nous ? Des attaques rapides hors de l'eau, suivies d'un retour immédiat dans les profondeurs. Les humains nous ont oubliés. Ils ne s'inquiètent pas. Pourquoi ne pas leur rafraîchir la mémoire... ? (Le merrow se tut un instant, plongeant jusqu'à ce que seuls ses yeux émergent de l'eau, une position classique d'attaque.) Ils ne souilleront plus nos terrains de chasse !

— *Ah ?*

Giles grinça des dents. La voix d'Ariel était perçante quand elle devenait curieuse.

— C'est une lampe, expliqua-t-il. Heu... *lampa*... Ton peuple n'en a probablement jamais entendu parler... Non, ceci est...

— *Ah ?*

— Un presse-papiers, acheva Giles, lui arrachant l'objet des mains avant qu'elle ne le lâche. Et non, je n'ai absolument aucune idée de la traduction gaélique.

— *Ah ?*

— Chaise. Pour s'asseoir. Comme toutes les autres chaises dont tu m'as demandé le nom.

Il s'interrompit. Ariel, perchée sur la chaise en question, le regardait avec ses grands yeux innocents et perdus.

Une enfant… Pas humaine, mais une enfant.

Et qui semblait épuisée. Ou plutôt sèche… Une selkie pouvait rester longtemps hors de l'eau, si les contes disaient vrai, mais il y avait des limites.

Une baignoire, pensa Giles. *De l'eau salée, bien sûr. Une bonne trempette devrait lui faire du bien.*

Et avec un peu de chance, ça la fatiguera !

— Buffy…

La Tueuse s'agita et s'enveloppa dans ses draps. Un beau rêve, meilleur que d'habitude… Elle imaginait Angel près d'elle, la serrant contre lui, ses mains froides et douces courant sur son corps…

— Buffy !

La voix semblait vraiment inquiète.

La jeune fille roula sur le dos et ouvrit les yeux.

De l'autre côté de la fenêtre, Angel tapotait sur le carreau.

— Oups ! Navrée, dit-elle en se levant.

Elle ouvrit la fenêtre pour le laisser entrer.

Sa mère devait faire un trip sécuritaire. Comme

si beaucoup de cambrioleurs se promenaient la nuit dans les rues de Sunnydale…

Le jour approchait et Buffy regarda Angel, se demandant ce qu'il faisait encore dehors.

— Nous avons un problème. Peut-être un gros. Willy a fait passer le mot et j'ai effectué quelques vérifications.

— Tu sais, en principe, les mecs apportent des fleurs ou des bonbons… Bon, quelle rumeur ? Les détails d'abord, la panique ensuite.

Angel s'assit au bord du lit.

— Certains vampires ont entendu dire qu'il y avait beaucoup de monde sur la plage hier matin.

— Les équipes de secours. Il y a eu une marée noire. Elles nettoient… J'avais dit à Willow que c'était dangereux d'y aller seule ! Enfin, on verra plus tard. Le tableau de chasse des vampires ?

— Zéro.

— Zéro ? Et alors…

— Ils avaient décidé d'aller faire un tour pour un casse-croûte et ils ont trouvé des cadavres sur la plage. Des humains. Quatre. Des gamins partis camper… Ou des sauveteurs.

— Déjà morts ?

— Egorgés.

— Et ce ne sont pas des vampires qui ont fait le coup ?

— Je ne crois pas. Nous ne sommes pas friands d'eau salée. Ni d'eau en général. On ne sait jamais qui a prié dessus.

— Euh… C'est une blague ?

— Plus ou moins… Buffy, ce n'étaient pas des vampires. Il y avait du sang partout… On aurait dit une attaque de bête sauvage. Mais ça n'a aucun sens. Quelle sorte d'animal attaquerait sa proie sans la dévorer ?

— Merci pour la description… Et la réponse est ?

— Personne ne sait. Mais les vampires à qui j'ai parlé…

Buffy frissonna en pensant à la façon dont Angel faisait d'habitude « parler » ses collègues.

— Ils sont nerveux, Buffy. Ils n'aiment pas ça. Ils ont dit qu'ils se sentaient observés, que ça venait de la mer… Quelque chose d'énorme et de maléfique. Et ce ne sont pas des démons à l'imagination très développée.

Buffy s'assit à côté de lui, les yeux dans le vague.

— Buffy ?

— De l'eau, murmura-t-elle. L'eau et la mort. Je le savais, je l'ai dit à Giles, ce rêve était prémonitoire !

Angel parti, Buffy se jeta sur le téléphone et composa le numéro de mémoire. Une voix pâteuse lui répondit.

— Oui ?

— Giles. C'est moi.

— Buffy, je… Non, Ariel, arrête !… Buffy, que se passe-t-il ?

— Nous devons nous voir, Giles. Vite. Et nous allons avoir besoin des vieux bouquins.

Il ne perdit pas de temps à poser des questions.

— La bibliothèque, dans une heure, dit-il avant de raccrocher.

CHAPITRE V

C'était samedi, mais l'entreprise de nettoyage du lycée avait l'habitude de voir du monde dans la bibliothèque pendant les week-ends.

Après Giles, Buffy avait appelé Willow, qui avait contacté Oz et Alex.

Un de ces jours, nous aurons tous des portables. Parce que laisser un message aux parents des copains du style : « Oui, madame Rosenberg, nous avons trouvé des cadavres sur la plage et j'ai besoin de Willow pour m'aider à sauver le monde », ça fait mauvais genre.

Une fois la petite bande réunie, Buffy donna les nouvelles.

— Crise du jour. Quatre cadavres sur la plage, égorgés, des parties… heu… manquantes… Angel confirme que la communauté de morts-vivants réagit mal.

— Super ! dit Alex. Une créature qui dévore les humains et qui rend les vampires nerveux. Je préférerais ne jamais rencontrer ce monstre.

— Désolée d'apporter les mauvaises nouvelles…

Buffy détestait les menaces inconnues. Surtout celles qui la réveillaient en pleine nuit quand elle faisait de beaux rêves.

Giles s'assit sur les marches de la bibliothèque, pensif.

— Nous ne pouvons pas exclure une attaque de vampire.

Son rôle d'Observateur lui collait moins à la peau que d'habitude. Il n'avait pas voulu laisser Ariel, et la petite s'accrochait à lui comme un koala. Elle était habillée d'un pantalon gris et d'un petit haut rose sortis de l'armoire de Willow.

Giles, qui avait abandonné l'idée de l'éloigner de lui, la serrait dans ses bras.

— Comme c'est mignon, avait murmuré Willow.

Buffy s'était contentée d'un soupir.

Elle étudia la selkie. Voir son Observateur transformé en chamallow par trente-huit kilos de fillette aux grands yeux marron aurait dû l'émouvoir. Mais chaque fois qu'elle regardait Ariel, elle frissonnait. Une selkie. Une créature marine. La plage.

Lier une enfant à des attaques meurtrières paraissait monstrueux. Mais peut-être des adultes étaient-ils les coupables… Des selkies adultes, à la recherche d'Ariel ? Les gamins les avaient effrayés, ou ils s'étaient mis en travers de leur chemin, et…

Non. Buffy devait être honnête. Les sentiments qui l'agitaient quand elle regardait Ariel tenaient plutôt… de la jalousie. Elle détourna le regard et se concentra sur les problèmes en cours.

— Angel en est certain, ce ne sont pas des vampires.

— Et il s'y connaît, dit Willow.

— Ariel ? suggéra Oz. C'est la plage où Willow l'a trouvée.

— Je me posais la question, dit Buffy, essayant d'échapper au regard réprobateur de Giles.

— Elle n'a rien à voir avec cette affaire, affirma Willow en se levant.

— Je suis d'accord. Ariel était dans mon appartement la nuit dernière, où elle a passé le plus clair de son temps à démolir le mobilier. Et je ne connais aucun exemple de violence selkie contre des humains. Leurs pires forfaits consistent à déchirer les filets des pêcheurs pour libérer les leurs.

— Les siens ne sont pas venus la chercher pour la ramener à la maison ? demanda Buffy.

— Ce serait étonnant. Qu'elle ait été sur la plage, seule, indiquerait que… Ah…

Ariel émit un gémissement interrogateur et Giles se mordit la langue.

— Que les siens ne sont pas en position de venir la chercher ? acheva Willow.

— Oui.

— D'accord, éliminons cette possibilité, dit Buffy. Mais Oz a raison, il y a trop de coïncidences. Nous trouvons une selkie prise dans une marée noire, avec son manteau sali. Ça signifie, si vous avez raison, qu'elle ne peut plus l'enfiler pour se transformer, ni retourner chez elle.

— Sans la possibilité de changer de forme, renchérit Giles, Ariel est sans défense... Et elle est plus vulnérable qu'une enfant ordinaire. Elle n'est pas habituée à rester longtemps sur la terre ferme.

— Et nous retrouvons la même plage, reprit Buffy, moins de vingt-quatre heures plus tard, avec quatre cadavres pour décoration. La gorge tranchée, et assez de parties manquantes pour suggérer un brunch matinal.

— Un peu comme dans les *Dents de la mer*, dit Alex. Mais sur terre.

— C'étaient peut-être des requins, avança Oz. Après tout, cela s'est passé hors de Sunnydale.

— Sommes-nous certains que les victimes n'étaient pas dans l'eau ? demanda Giles à Buffy.

— Les corps ont été trouvés sur la plage. Les requins n'ont pas l'habitude de sortir leurs victimes sur le sable.

— Ils attrapent parfois des gens au bord des plages, rappela Willow. Mais ils traînent alors leur proie dans les profondeurs pour les mâchouiller tranquillement. Mon Dieu, je crois que je regarde trop la chaîne *Découverte*.

— De plus, les vampires ne s'inquiéteraient pas d'un requin. Les grands blancs et eux ne chassent pas dans la même cour.

— C'est donc... autre chose, conclut Oz. Quelque chose qui a peut-être été pris dans la marée noire.

— Ou qui a vu ses ressources alimentaires disparaître, dit Giles, pensif. (Il essaya de se lever malgré Ariel, qui ne le lâchait pas.) Mon enfant, laisse-moi. Tu es en sécurité… heu… *sabhailte*. C'est ça. En sécurité ! Et moi, j'ai du travail.

— Vous pensez que nous avons affaire à des créatures marines ? demanda Willow.

— Des créatures aquatiques, oui… Les vampires ont peut-être raison de penser que la menace vient de l'océan. Cherchons dans le coin, mais n'éliminons aucune piste pour des raisons géographiques. Les grands courants marins encouragent les migrations.

— D'accord, dit Willow, se tournant vers l'ordinateur de la bibliothèque. Océan, mythologie, morts inexpliquées, attaques de requins… d'autres mots-clés ?

— Mutilations, suggéra Alex.

— Parfait.

Oz alla brancher la bouilloire dans le bureau de Giles. La journée allait être longue.

— Willow ? Tu veux un thé ?

Willow fit oui de la tête l'air absent, déjà absorbée par les informations qui défilaient sur son écran.

— Hum… Au gingembre, s'il te plaît. Avec beaucoup de sucre.

Buffy et Alex échangèrent des regards résignés.

— Cherche là-dedans, dit la Tueuse en tendant à son ami un livre de légendes.

Oz fut de retour quelques minutes plus tard, une tasse de café dans une main et un bol de thé dans l'autre. Il le posa à côté de Willow, loin de l'ordinateur, et s'assit à côté d'elle avec son café et deux autres livres.

Le silence tomba sur la bibliothèque, à peine rompu par les cliquetis du clavier et le bruissement des pages. Même le bruit des chaussures de Giles, sur la mezzanine, semblait plus doux qu'à l'habitude.

— Des *serras* ! s'exclama Alex.

— Des monstres de haute mer, j'en ai peur, dit Giles en descendant l'escalier, une pile de livres dans les bras. Ils n'ont jamais été repérés près des côtes.

— Un *karad* ? suggéra Buffy. C'est une espèce locale. Des histoires remontent au temps des Indiens…

— Laisse-moi voir, fit Willow. Ils mangent les marins, ils chassent la nuit, oui, peut-être… Non !

— Quoi ? demanda Buffy. Pourquoi pas ?

— Ils n'ont pas de dents, regarde. Ils avalent leurs proies entières.

— Ah oui.

— Le *Danavas*, murmura Giles. Un démon des mers… non, c'est en Inde… trop loin, et il n'est pas mangeur d'hommes.

— Le *Paikea* ? continua Willow. Une sorte de monstruosité marine hawaïenne. Non, laissez tomber ! Il est attaché à sa région qu'il ne quitte jamais. Et il ne mange pas les humains. Ce qui fait de lui un gentil monstre marin.

— Quitter Hawaï pour Sunnydale, je ne vois pas l'intérêt, commenta Oz.

— Giles, gémit Buffy, on en a pour une éternité ! A chaque plage son monstre.

— C'est le problème, admit Giles en caressant la tête d'Ariel. Buffy, va inspecter la plage et ses environs ! Nous ne connaissons pas l'heure de l'attaque, donc nous ignorons si la ou les créatures ont les mêmes limites que les vampires. Vois ce que tu peux dénicher.

— D'accord, répondit Buffy. Oz, tu veux bien être mon chauffeur ?

— Ça peut se faire.

Buffy se tourna vers Alex, qui allait se proposer pour les accompagner.

— Alex, tu couvres les endroits habituels, à la recherche de ragots récents.

— Super ! J'adore discuter le bout de gras avec les morts-vivants… Mais je suis moins efficace quand la Tueuse n'est pas à mes côtés.

— Tu te débrouilleras très bien, j'en suis sûre. Giles ? Vous continuez les recherches avec Willow ?

— Oui. Je… Ah, je connais quelqu'un qui pourrait nous être utile. C'est un herpédémonologiste, et…

— Stop ! cria Alex. Il est illégal de se servir de mots de plus de trois syllabes. On recommence, et pas en martien.

Giles poussa un soupir.

— Ce scientifique se spécialise dans les démons qui vivent ou chassent en milieu aquatique.

— Cool, dit Oz.

— Ta notion du « cool » me fait flipper, commenta Alex.

— Je me cantonne aux recherches, alors ? demanda Willow.

— Tant que nous n'aurons pas plus d'éléments, les recherches ne nous mèneront pas loin, dit Giles. Plutôt que d'essayer d'imaginer un nouveau rituel, nous devrions dénicher les composants du sort de transformation et les modifier pour nettoyer la peau. Si Buffy a raison, et qu'une créature inconnue est à la recherche d'Ariel, plus tôt nous la préparerons à partir, mieux ça vaudra.

Personne n'y trouva à redire.

Au milieu de la matinée, Willow empila des livres et prit son ordinateur portable.

— Ariel, tu viens ? On sort.

La selkie eut l'air ravie.

— *Amach ?*

L'équivalent selkie de « super ! », sans doute.

Willow s'installa sur un banc, fit signe à Ariel de s'asseoir à côté d'elle et huma l'air sec. Le vent venait de l'est. Ariel inspira profondément puis poussa un petit gémissement en regardant Willow.

— Ça va aller. Tu sentiras de nouveau l'océan.

Ariel sursauta et désigna quelque chose.

Un écureuil ! Bien sûr, elle les trouve passionnants. Il n'y en a pas dans l'océan...

Venir ici était une heureuse idée. Willow avait obtenu des informations sur le Net et elle voulait maintenant assembler les pièces du puzzle.

Il n'est pas bon pour une enfant d'être enfermée, surtout quand elle est habituée à l'extérieur. Enfin, à l'eau.

— Salut !

Willow leva les yeux et frémit à l'idée d'affronter Cordélia. Puis son cerveau enregistra deux informations.

Primo, Cordy ne parlait pas sur le ton qu'elle utilisait depuis sa rupture avec Alex

Secundo, elle ne s'adressait pas à Willow.

Ariel s'assit sur les talons et regarda Cordélia, les yeux vides.

— Tu es encore là ? Giles ne sait vraiment pas s'occuper des enfants. Oh… Tiens, Willow.

Cordy ajusta la bandoulière de son sac Versace.

— Cordélia ! dit Willow d'une voix qu'elle voulait chaleureuse.

Elle aimait bien Cordy. Parfois. Quand elle ne passait pas en mode super snob. Il était difficile d'oublier qu'elles avaient été, disons, amies.

Jusqu'à ce que tu gâches tout en fricotant avec Alex, souffla une voix dans son esprit.

— Giles t'a laissée sortir de cette bibliothèque moisie ? Il y a une occasion spéciale, la fête nationale des choses qui font *boing* dans le noir ?

Non que Cordélia soit un ange.

— Je travaille sur… un projet spécial, répondit Willow dont les bonnes intentions fondaient à vue d'œil. Rien d'important.

Ariel choisit ce moment pour fouiller dans les

papiers de Willow, qui dut se battre pour sauver les notes de Giles.

— Non, Ariel, ce n'est pas bien. Assise. Calme.

— Ce n'est pas un chien, Willow. Ne lui parle pas comme ça.

— Elle n'est pas exactement… enfin… elle n'est pas…

Un instant, Cordélia parut presque compatissante.

— Oh ! Est-elle, comment dire, différente ?

— Non ! Ariel, repose ça !

Par bonheur, la capacité de concentration d'Ariel correspondait à celle d'une enfant de trois ans. Les documents perdirent vite leur intérêt, et elle retourna contempler l'arbre, attendant le retour de l'écureuil.

— Non, répéta Willow en récupérant ses pages. Ariel n'est pas humaine, c'est tout.

Cordélia recula comme si la fillette avait la gale.

— Oh.

— Ce n'est pas un monstre. Juste une selkie, tu sais, une gamine phoque. Nous essayons de trouver un moyen de la renvoyer chez elle.

Cordélia eut l'air abasourdie.

— Tu veux dire que c'est vraiment un phoque ? Elle mange du poisson cru ? C'est dégoûtant !

— Et les sushis, tu connais ?

— Et l'odeur ? continua Cordélia. Je veux dire, tu as déjà senti la plage à marée basse ? Elle vit là-dedans ?

— Ariel ne sent pas mauvais ! Tu trouvais qu'elle était mignonne.

— C'était avant que je sache qu'elle n'était pas humaine.

— Elle ne blessera personne. Ce n'est qu'une petite fille !

— Ne me demande pas de jouer les baby-sitters, c'est tout. Comment faites-vous pour toujours vous retrouver dans des trucs bizarres jusqu'au cou ?

Willow replongea le nez dans ses papiers.

— D'accord, nous ne te demanderons rien.

— Bien.

— Bien.

Cordy s'éloigna et Willow se mordit les lèvres. S'il y avait réellement quelque chose de nouveau et de dangereux en ville…

— Cordélia ?

— Quoi ?

— Sois prudente.

Les deux jeunes filles se regardèrent, conscientes que la prudence à Sunnydale signifiait beaucoup plus que de ne pas adresser la parole aux étrangers.

— Toujours, répondit Cordélia.

— Tu n'aimes pas les plages, hein ?

Assise sur le muret qui séparait le sable de la route, Buffy fit non de la tête. Les vagues roulaient calmement sur la grève.

— Moi non plus, admit Oz. Ce qui fait de nous des gens bizarres.

— Sûr ! C'est ce qui fait de nous des gens bizarres.

Buffy retira ses chaussures et enfonça les orteils

dans le sable. Il était froid et plus granuleux que dans ses souvenirs d'enfant. En grandissant, elle avait vite préféré le centre commercial au sable et à la sueur.

Et maintenant... Maintenant, elle se détendait rarement. Plus le temps d'aller à la plage. Ou dans les bois, ou dans le désert.

Un jour, je partirai en randonnée. Juste pour voir si j'aime ça.

— Que cherche-t-on exactement ? demanda Oz.

— Je n'en ai pas la moindre idée. Une gelée verte fluorescente ? Des traces de pas ? Quelques morceaux de corps ?

— Entendu.

C'était la grande qualité d'Oz. Pour lui, tout était... rationnel. Logique. Normal.

— Heu... Attends une minute.

Il huma l'air. Puis, sans un mot de plus, il commença à marcher sur la plage.

Comme un chien à deux pattes. Enfin un loup.

— Quoi ? demanda Buffy en le suivant.

Oz tomba à quatre pattes, le front plissé.

S'il met le nez dans le sable, je sens que je vais rire.

— Willow, dit soudain Oz. C'est bien elle. Il y a aussi l'odeur d'Ariel, je crois. Sinon... Peut-être d'autres selkies... Et... Houlà !

— « Houlà » quoi, Oz ?

Il se releva.

— Je ne sais pas. Quelque chose de très, très bizarre. Pas humain, ni vampirique. Je connais leur odeur. J'ignore de quoi il s'agit, mais il y en avait beaucoup. Et je ne sais pas comment l'exprimer… Mais l'odeur est… « affamée ».

Le vampire s'arrêta net dans le labyrinthe des égouts de Sunnydale. Il écouta, tête inclinée. Oui, il y avait quelqu'un. Ou quelque chose. Pas un rat… mais pas un humain non plus.

Il était un bon chasseur avant de mourir, et ses instincts de vampire complétaient à merveille ses anciens talents. Il savait reconnaître les bruits. Et les odeurs.

La puanteur des égouts ne le gênait pas ; on s'habitue à tout avec le temps. Les démons ne se plaignaient pas souvent à la direction. Pourtant, aujourd'hui quelque chose surnageait dans l'habituel mélange d'odeurs : une pointe de… sel. L'océan.

Le vampire montra les crocs. Il n'était pas allé sur la plage, mais la rumeur avait fait le tour de la communauté des morts-vivants. Quelque chose tuait les humains.

A présent, la créature avait découvert la route secrète conduisant au cœur de Sunnydale. C'était déjà une sacrée plaie de devoir partager son territoire de chasse avec les autres vampires… qui se rapprochaient tous de la chaleur maléfique de la Bouche de l'Enfer. Mais laisser un autre prédateur épuiser son cheptel…

Il les vit enfin et se pétrifia. Ni humains, ni démons, qu'étaient donc ces choses à la peau verdâtre et aux cheveux verts ? Rien qu'il n'ait rencontré en soixante ans de non-vie, ou en trente ans d'existence. Ils sentaient le sang à plein nez, le sang frais, la chair saine et par-dessus tout, l'océan…

Soudain, les monstres furent sur lui et le vampire n'eut plus que deux pensées à l'esprit : les créatures avaient des crocs et elles faisaient mal.

Il tomba sous leur assaut, glissa dans la fange, un rugissement de rage s'étranglant dans sa gorge alors que les monstres le déchiquetaient. Mourir n'avait pas fait aussi mal. Et ça n'avait pas été aussi long…

Les créatures le lâchèrent dans l'eau souillée. Le vampire écouta sans comprendre leur babillage aigu.

Les merrows, dégoûtés de s'apercevoir que ce qu'ils avaient pris pour une proie humaine n'en était pas une, ne virent pas l'autre vampire s'éclipser.

Elle aussi avait entendu les rumeurs. Mais elle était plus âgée et plus sage que son collègue. Elle savait quand il fallait fuir. Elle n'avait pas une chance. Ils étaient si nombreux !

D'autres vampires devaient être alertés. Les rumeurs sous-estimaient le danger.

Peu de menaces pouvaient unir les buveurs de sang de Sunnydale. Pour ça, il fallait un Maître, un vampire incroyablement puissant qui les forçait à travailler ensemble… Ou des adversaires qui ne craignaient pas les démons.

CHAPITRE VI

Tourner le robinet. Faire couler l'eau. Préparer la serviette.

Buffy suivit sa routine, les yeux à peine ouverts et pas encore réveillée. La Tueuse n'étant pas de service, l'adolescente était aux commandes.

Elle pendit sa robe de chambre à la porte, se pencha pour vérifier la température de l'eau. Après un jour et une nuit passés à arpenter Sunnydale pour trouver des indices sur les meurtriers de la plage, sans aucun succès, il lui fallait du repos. Si elle n'avait pas accepté d'aller bruncher avec sa mère, elle aurait été encore au lit, la tête sous l'oreiller, à dormir du sommeil du juste.

Mais une privation de sommeil est un prix acceptable à payer pour une assiette de gaufres. De toute façon, des nuits normales me tueraient.

Elle ouvrit la porte coulissante de la douche pour augmenter la température et l'humidité de la pièce. Buffy frémissait de plaisir à l'idée de sentir l'eau brûlante couler sur son corps.

La matinée s'annonçait bien. Si on oubliait

qu'après les gaufres, elle passerait son temps à chasser les créatures des profondeurs…

Willow avait de la chance. Elle attendrait que les rapports d'autopsie soient intégrés à la base de données pour les pirater. C'était beaucoup plus sûr que d'aller elle-même à la morgue… Une ou deux fois, ça allait, mais le groupe en était à sa cinquième intrusion et les employés se posaient des questions.

Si Willow fait carrière dans le crime organisé, ce sera notre faute. Je me demande si elle nous donnera un pourcentage sur les bénéfices ?

Ses pensées furent interrompues par le bruit de l'eau, puis la sensation sur son visage et son corps… qui réveilla un souvenir, celui du rêve qu'elle avait oublié en se réveillant. Des milliers d'images l'envahirent.

Des surfaces verdâtres, étrangement illuminées, ondulaient devant ses yeux. La lumière du soleil, fraîche, pâle comme un coquillage. L'odeur de la sueur et de la peur. Elle avait échoué. Encore. Elle n'avait rien appris. Des êtres humains allaient mourir parce qu'elle n'avait pas appris… Quoi ? Qu'était-elle supposée savoir ? Que fallait-il faire ?

Battant des bras, elle nagea à la recherche de la connaissance… et reprit ses esprits, un pied dans la douche, sa peau luisant de sueur.

Elle ferma le robinet d'une main tremblante, et décida de modifier son emploi du temps de la journée.

— Un rêve. Un très mauvais rêve.

Buffy s'assit à la petite table de la cuisine. Elle ne se rappelait pas comment elle était venue là – simplement, elle était entrée en trombe et avait commencé à parler.

Après avoir essayé sans succès de placer un mot, Giles l'avait entraînée dans la cuisine où il préparait son petit déjeuner. Puis il avait mis la bouilloire à chauffer. Pour Giles, le thé guérissait tous les maux.

Buffy détestait cette boisson, surtout infusée à l'anglaise. Elle la sirota pourtant.

— J'en ai fait, des cauchemars, mais celui-là… Il était vraiment horrible, Giles. Je me souviens de tout. Les détails, l'atmosphère… La noyade ne fait pas partir de mes passe-temps préférés, même quand la mort ne la suit pas. Ne me regardez pas comme ça, je sais que mes paroles n'ont aucun sens…

Giles changea d'expression et lui servit une nouvelle tasse de thé.

— Merci. (Buffy se pencha vers son Observateur.) Le rêve était légèrement différent, cette fois. J'étais dans une piscine – je sais que c'en était une, mais avec de l'eau salée, et quelqu'un me tenait la tête sous la surface.

Buffy frissonna.

— Quelqu'un que tu connais ? demanda Giles.

— Non. Une main démoniaque, dure et écailleuse.

L'Observateur s'assit en face de sa protégée.

— Des mains écailleuses. Nous en tiendrons compte, ça peut éliminer quelques possibilités.

Buffy soupira de soulagement.

— Alors, vous me croyez, cette fois ? Vous pensez qu'il s'agit d'un rêve prémonitoire ?

Giles reposa sa tasse sur la table.

— Comme je te l'ai dit, le rêve n'a pas les caractéristiques habituelles d'une prémonition. Il est rare que les cauchemars continuent une fois le rêveur conscient. Mais l'apparition de l'eau salée est intéressante... Avant, elle ne l'était pas, je crois.

— C'est vrai. Avant, il s'agissait de l'eau chlorée d'une piscine. Je sens encore le goût dans ma bouche. Et je...

Giles leva une main pour l'arrêter.

— Il est tout à fait possible que tu aies eu une prémonition influencée par le massacre perpétré sur la plage il y a deux nuits.

— Oui, quatre morts et aucun indice, ça peut inquiéter.

— Cependant, que tu aies rêvé d'une piscine me pousse à revenir à ma théorie précédente. Peut-être ton subconscient combat-il une phobie de l'eau très compréhensible, étant donné ce que tu as vécu. Il n'y a aucune honte à avoir peur, Buffy.

— Je n'ai pas de phobie !

La Tueuse était prête à bouder jusqu'à ce que Giles prenne ses problèmes au sérieux.

L'Observateur, qui depuis trois ans avait appris à reconnaître les humeurs de sa protégée, se préparait à changer de sujet quand un craquement, puis un bruit sourd retentirent dans la salle à manger.

— Ariel, c'est pas vrai !

Il sortit de la pièce plus vite que Buffy ne l'avait jamais vu faire… Sauf en cas d'attaque de vampire, bien sûr. Curieuse, elle le suivit, et le découvrit à quatre pattes, tentant de sortir la gamine d'un placard.

— Combien de fois te l'ai-je répété ? Non ! Allez, ouste !

La selkie se débattit, puis se retourna et fit à Giles une grimace satisfaite.

La Tueuse frissonna, comme si une main gluante et froide venait de passer sur son dos. L'odeur de l'eau salée, le contact des écailles…

— *Sean nithe* ! dit Ariel.

— Oui, je sais, ce sont des vieux trucs, grogna Giles. Voilà pourquoi je les range à l'abri… Et pourquoi tu ne dois pas y toucher.

La conversation semblait classique, et d'après Buffy, Giles n'avait aucune chance de gagner.

— Bienvenue dans le monde merveilleux de la responsabilité parentale, dit Buffy. Ma mère pourrait vous donner des conseils.

— Non, merci ! dit sèchement Giles.

Histoire de lui gâcher ses effets, Ariel sauta sur ses genoux pour lui faire un gros câlin.

Le cœur de Buffy se serra. Cette fois, ça n'avait rien à voir avec son cauchemar. Elle aussi avait grimpé sur les genoux de son père, se blottissant dans ses bras pour oublier tous ses soucis.

Mais il y avait si longtemps… Ses soucis ne disparaissaient pas quand une voix masculine lui assurait que tout allait bien. Même quand la voix appartenait à Giles. Pourtant, il se débrouillait pas mal…

— Papa phoque de substitution ? demanda-t-elle en souriant.

— En effet. (Il posa gentiment Ariel à terre.) Elle s'intéresse beaucoup à moi.

— Vous la rassurez, dit Buffy sans avouer qu'elle partageait le même sentiment. Le tweed a la même fonction que la peau de phoque.

Elle regarda Ariel, qui se faisait un nid dans les couvertures du divan. Une idée lui vint… Essayant d'émerger…

Ah. Oui. Bien sûr !

— Vous dites qu'elle parle une sorte de vieux dialecte irlandais ?

— Le gaélique, Buffy. Mais elle ne comprend pas mon accent. D'ailleurs, mon gaélique est bien moins ancien que son peuple. Et Willow n'a pas réussi à trouver un site utile.

— Pourquoi ne pas demander à Angel ? Il est vieux, il est irlandais… Et il s'en tirera peut-être mieux.

Giles se rembrunit en entendant le nom d'Angel… Puis il réfléchit à la proposition de Buffy.

— Je crois que la version du gaélique des selkies a dû disparaître bien avant la naissance d'Angel. Mais son accent sera meilleur… Excellente suggestion.

— Vous ne m'avez rien donné à tuer. Il faut que j'utilise mon cerveau.

— Très bien. La prochaine fois que tu verras Angel, demande-lui.

— Je devrais le retrouver ce soir. D'ici là, nous aurons peut-être découvert qui prend la plage pour un fast-food ?

Pourquoi Buffy choisit-elle ce moment pour se tourner vers Ariel ? La selkie plongea ses yeux dans les siens, une innocence infinie dans le regard.

Tu parles ! Ou peut-être que si. L'innocence, peut-être... J'aimerais la comprendre... et me comprendre...

— Giles ?

— Hein ?

Non. Giles a peut-être raison, en ce moment, tout ce qui sort de l'eau doit me terrifier. Après tout, monsieur je-sais-tout, c'est lui.

Mais j'ai mes instincts de Tueuse !

A moins que...

Buffy essaya de censurer la pensée qui venait de lui traverser l'esprit.

Peut-être suis-je jalouse parce que Willow et Giles consacrent tant de temps à Ariel.

Elle se crispa.

Difficile à admettre, hein ? Que la Tueuse soit jalouse d'une mignonne petite fille parce que celle-ci a mis son Observateur et sa meilleure amie dans sa poche.

Jalouse, d'une enfant. Buffy détestait se voir dans ce rôle.

— Rien. Laissez tomber.

Julian Lee était de nouveau sur la plage. Ironie du sort, un séminaire l'avait empêché d'accompagner les membres de ses équipes quand ils avaient commencé à travailler.

Du coup, il avait raté sa chance. Il en avait raté beaucoup, le professeur Julian Lee, docteur en biologie marine. Attaché à un institut de renommée internationale, fondateur d'E.L.F., une organisation de volontaires de l'environnement. Un nom connu des lecteurs des journaux conservateurs, un nom qui énervait les sénateurs et les membres du congrès qui votaient contre ses projets. Un croisé solitaire, s'opposant au danger ignoré par le reste du monde…

Un danger qu'il éliminerait par tous les moyens nécessaires.

Mais une fois encore, il était arrivé trop tard…

Il avança vers la mer, regardant les vaguelettes de la marée envahir le sable. L'océan se moquait de lui, refusait de lui donner les informations désirées.

Mais je sais qu'ils sont là. Il ne s'agit pas de paranoïa. Ils attendent. Ils observent. Ils complotent.

Pourtant, il avait besoin de preuves. Il était un scientifique, pas un chasseur de sorcières et n'accusait pas sans raison.

La fille chargée de faire le lien entre l'université

et lui ressemblait aux autres volontaires : gaie, propre, obsédée par la sauvegarde de l'environnement.

Mais ses références universitaires étaient excellentes, et comme tous les autres, elle devait avoir un prêt étudiant à rembourser qui modérait son enthousiasme. Elle suivait les animaux recueillis de leur sauvetage jusqu'à leur retour à la vie sauvage. Certains, trop faibles pour se réadapter, n'étaient pas tout de suite rendus à la liberté.

Elle n'avait pas signalé de phoques. Juste une vieille otarie aux poumons abîmés, qui ferait une nouvelle carrière dans un zoo.

Non, pas de phoques. Comme s'ils avaient été avertis de la catastrophe...

Lee s'ébroua, luttant contre la paranoïa. L'absence de traces officielles ne le surprenait pas. Les selkies étaient très intelligents, et difficiles à surprendre par les humains, plus lents qu'eux. Ces créatures maudites s'étaient aventurées en ville, il le sentait.

Il ne leur permettrait pas d'étendre leur maléfice à une bourgade innocente. Les légendes qui les appelaient des « anges venus du ciel » prouvaient le mal qu'avaient les humains à reconnaître la double nature de leurs ennemis.

Oui, les selkies avaient des visages angéliques, des yeux de martyrs... et une nature démoniaque.

Quel ton mélodramatique !

Lee savait que ce discours paraîtrait exagéré s'il se confiait à quelqu'un.

Pourtant, c'était vrai. Les selkies n'avaient pas d'âme et pas de sens moral. Ils jouaient avec les humains, les manipulaient, puis leur déchiraient le cœur, sans raison, comme un chat s'amuse avec une souris.

Lee ne pouvait rien faire ici, pas avec la marée montante. Il retourna à sa voiture, puis se dirigea vers le Centre de Recherches Marines, où l'attendaient les chefs d'équipes d'E.L.F., le cœur brisé par la catastrophe, bien sûr.

Arrête, se morigéna-t-il, exaspéré par le cynisme qu'il manifestait depuis quelque temps.

Il avait fondé E.L.F. pour les raisons qui poussaient aujourd'hui ces jeunes à agir. Lui aussi voulait donner aux civils un moyen d'aider les créatures sans défenses martyrisées par la négligence de l'homme.

Et si les petits soldats écolos d'E.L.F. étaient un peu naïfs, un peu inconscients, eh bien, il y avait de pires crimes sur terre. Bien pires !

CHAPITRE VII

Ils descendaient le tunnel obscur de la ville humaine, leurs lèvres verdâtres retroussées de dégoût révélant des crocs blancs.

— Ils sont mauvais, siffla le premier merrow.

— Les manger ne t'écœure pas, pourtant, grogna le chef.

— Mais cet… cet… !

Le merrow fit un geste de son bras écailleux vers les murs souillés et les flaques puantes.

— Ils vivent dans l'air sec, sans courant pour emporter leurs déjections. Ils doivent fabriquer leurs propres courants, creuser des tunnels tels que celui-ci pour envoyer leurs détritus loin de leurs foyers…

— Et droit dans le nôtre ! cria un merrow. Dans l'océan.

Un grognement approbateur monta du groupe. La promesse de chair humaine tendre et sucrée les avait fait venir. Mais plus ils avançaient, plus leur haine des humains grandissait. Ils ne connaissaient qu'une manière de se calmer : déchiqueter leur ennemi, le jeter à terre et le dévorer.

Le chef grogna pour les réduire au silence. Un groupe furieux était impossible à contrôler. Il n'avait pas conduit les siens jusqu'ici pour les voir tomber dans la démence provoquée par la faim.

— Il est juste et bon que nous les atteignions par leurs tunnels de déjection, pour venger l'océan. Pour nous venger !

— Vengeurs ou non, nous avons faim ! Et les autres – ceux dont la chair est morte – se nourrissent aussi des humains !

— Nous les éliminerons comme nous avons toujours éliminé les obstacles, promit le chef. Puis nous festoierons. Nul ne se dressera entre nous et nos proies.

— Non !

Le seul mot qu'Ariel eût appris, pensa Willow.

— Nous n'allons pas abîmer ta peau. Je le jure, dit-elle à la selkie.

— Mais nous ne pouvons pas tester notre sort sans elle, ajouta Giles avec un rien d'impatience.

Ses cheveux étaient ébouriffés, à force de passer ses mains dedans depuis des heures.

— Non !

La selkie serra la peau contre elle, les yeux écarquillés de terreur. Willow et Giles échangèrent un regard désespéré, puis Giles se pencha vers ses notes.

— Je suppose que nous pourrions essayer sans…

Cette variante du rituel n'exige pas de contact. Très bien, Ariel… va t'asseoir. C'est ça. Assise. Loin. Willow, si tu veux bien commencer.

Le sort était un mélange de différents rituels ; ils n'en avaient trouvé aucun de vraiment adapté. Improviser ainsi déplaisait à Giles, mais Willow lui avait démontré qu'ils n'avaient pas le choix.

Pourtant, le moment venu, Willow n'était plus sûre d'elle. Elle avait répété avec soin les parties en gaélique… Mais si elle se trompait dans la prononciation ?

Elle se força à se concentrer. Lancer un sort en étant sûre de le rater était la pire des méthodes.

Inspirer, expirer. Son cœur se calma.

Bien.

La voix posée, Willow commença :

— *Tonnadh, bochna, vague, océan, nous t'appelons…*

Quelque chose s'éveillait, elle le sentait. Des mots aussi anciens devaient être puissants.

— … *ton enfant pour le ramener dans ton royaume…*

Des frissons remontaient le long de sa colonne vertébrale.

— *Bochna, entends-nous, bochna, comprends notre prière, soigne ton enfant, soigne ton enfant, soigne ton enfant !*

Ariel se redressa, les narines frémissant d'excitation.

Les mots se répercutaient dans la bibliothèque. La pression devenait sensible sur leurs tympans.

— Rien ! gémit Willow, sentant la pression disparaître.

Giles laissa échapper un long soupir.

— Rien, répéta-t-il. Il y a eu une montée en puissance – tu l'as sentie ? Mais elle n'était pas utilisable. Un échec…

— Heu, Giles… dit Willow en montrant une brindille hérissée de feuilles vertes. D'où ça vient ?

— Un crayon, dit-il. Ou plutôt… c'en était un.

Willow et Giles se regardèrent, puis rédigèrent fiévreusement des notes.

Ariel s'était rassise sur le sol, visiblement déçue.

— Bien, dit Alex, alors que Buffy et lui remontaient la rue principale de Sunnydale. Nos interviews sont de plus en plus constructives. Nous avons appris que des extraterrestres rendaient visite à Mme Greeb pour lui parler tricot. Après quelques bières, Good Ole Bob a découvert un poisson qui parlait, et…

— Alex.

— D'accord, je me tais. Encore un essai, puis nous irons nous regonfler à la caféine pour célébrer la perte totale de notre après-midi…

— Elle n'est pas encore fichue, dit Buffy. Je suis persuadée que notre prochaine visite va payer.

Alex se frotta les mains.

— Je peux jouer le « méchant flic » cette fois ? Sois gentille, il sera complètement paumé…

Buffy ne releva pas. Quelques minutes plus tard, elle poussa la porte du bar de Willy.

L'intérieur était frais et sombre. Sur la nuque de la Tueuse, la sueur sécha aussitôt.

Willy leva les yeux et son sourire disparut.

— Non, encore vous… !

Il appuya sur une petite sonnerie, sous le bar, et la moitié des clients s'enfuirent par la porte de derrière. Tous n'étaient pas des vampires.

La Tueuse ne leur accorda pas un regard. Elle s'en occuperait plus tard. Quand l'occasion se présenterait.

— Salut, Willy, dit-elle de sa voix la plus charmeuse.

— Je ne sais rien.

— Sur quoi ?

— Sur rien. Je suis une page blanche.

— Bien sûr ! ricana Alex. Peut-être pourrions-nous te rafraîchir la mémoire… Tu en penses quoi, partenaire ?

Willy se tourna vers Buffy.

— Il fait une overdose de série policière ? Laissez-moi deviner… Vous êtes le « bon flic » ?

Buffy ouvrit la bouche pour répondre… Puis elle vit la consternation se peindre sur le visage d'Alex et sourit.

— Willy, je ne suis pas d'humeur à jouer. Postulons que je t'ai déjà cassé la gueule, et commence tout de suite à parler, d'accord ?

Buffy entra comme une furie chez Giles et se jeta sur le sofa, pour se relever aussitôt en réalisant qu'elle s'était assise sur un livre.

Elle le poussa, puis se laissa de nouveau tomber sur les coussins.

— Bon après-midi à toi aussi, dit Giles par-dessus son épaule.

Il se rassit à la table où il travaillait.

— Désolée. Je suis juste… sur les nerfs. Alex et moi avons passé la journée à traquer les rumeurs dans la bonne ville de Sunnydale. Savez-vous combien d'histoires atroces se racontent ?

— Beaucoup ? demanda Willow, qui portait des rouleaux de parchemins sous un bras.

— C'est ça, des tonnes. Et devinez ce que nous avons trouvé ? Rien ! Pas un indice, pas une piste, pas même une info de Willy.

— Alex n'a pas… enfin… pas cette fois ?

— Nous n'avons pas utilisé la violence, Willow. Quelques menaces, c'est tout. Et *nada* ! Willy ne jouait pas la comédie, il ne savait vraiment rien. Il a perdu une bonne moitié de ses clients et ceux qui restent la bouclent.

— Notre journée a été décevante aussi, soupira Willow.

Elle posa les parchemins sur un tas de livres, puis poussa une autre pile avant de s'asseoir.

— Rien n'a marché ? demanda Buffy.

— Il n'y a pas longtemps que nous avons la peau de la selkie, rappela Giles en soulevant une pile de lourds volumes.

Buffy bondit et rattrapa celui du dessus. Son Observateur la remercia d'un signe de tête, les posa sur le sol, puis s'assit sur la dernière chaise libre avec un soupir de soulagement.

— Aucun sort n'a eu d'effet. Il semble que nous devions faire des recherches plus approfondies.

— Nous ne pouvons pas la garder ici pour toujours, dit Buffy. Vous ne vous conduisez plus comme un Observateur respectable.

— Buffy ! Un peu de gentillesse. Quelle que soit son espèce, Ariel n'est qu'une enfant.

La selkie, recroquevillée près d'une chaise, leva la tête en entendant son nom. Ses yeux étaient moins brillants que la veille. Mais peut-être simplement manquait-elle de sommeil.

Buffy savait que ses sentiments n'étaient pas entièrement rationnels, mais elle ne pouvait s'empêcher de les exprimer.

— Une enfant selkie ! Que ses parents ne se remuent pas vraiment pour chercher.

— Buffy ! explosa Willow.

La Tueuse lui jeta un regard noir.

— Quoi ? Ils ne tambourinent pas à la porte de Giles, que je sache. Ce sont eux qui l'ont perdue, pas nous. Ce sont eux qui devraient s'en inquiéter. Nous avons de plus graves problèmes, et d'autres chats à fouetter.

Willow sembla blessée. Buffy insinuait-elle que ses amis ne faisaient pas leur possible pour l'aider ?

— Je me demande pourquoi tu n'aimes pas Ariel, dit Giles.

— Je ne...

— Elle a besoin de nous pour rentrer à la

maison, rappela Willow, indignée. Allons, Buffy… C'est une « gentille » ! Les selkies vivent en paix avec leurs voisins, ils ne mangent pas les gens et ne lancent pas de sorts. Tu ne crois pas à l'histoire dégotée par Alex, quand même ? Les selkies seraient des anges privés d'âme condamnés à vivre dans l'océan pour s'être rebellés contre Dieu ?

— Nous sommes sur la Bouche de l'Enfer. Je ne disqualifie *a priori* aucune légende…

— Il n'y a rien de démoniaque ou d'angélique chez les selkies, insista Giles. Ce sont des créatures mortelles, qui font partie de l'écosystème, comme les humains. Plus qu'eux, peut-être.

— C'est ça ! s'exclama Buffy. Et les petites selkies sont mignonnes.

— En effet. Mais je ne confonds pas Ariel avec une humaine, crois-moi. C'est une créature sauvage. Aussi charmante qu'elle soit, je commence à en avoir assez de trouver mes affaires sens dessus dessous !

— D'accord. Un phoque. Un petit animal. Une gamine. Désolée, soupira Buffy. Oubliez-moi. Vous savez comme ça me fiche en boule de ne pas savoir ce que je dois tuer.

Willow sourit, lui pardonnant aussitôt. Giles l'observa quelques instants avant de recommencer à lire.

Buffy jeta un coup d'œil à Ariel. L'expression de ses grands yeux noirs était impossible à déchiffrer.

Ces yeux. Totalement étrangers. Totalement flippants.

Le laboratoire mobile n'était pas à la pointe de la technologie, mais il jouait son rôle : accueillir les biologistes qui travaillaient sur les sites des catastrophes naturelles ou humaines, ou servir de dépannage quand l'accès à un laboratoire plus sophistiqué était impossible. L'Institut possédait trois labos mobiles. Aucun ne pouvait être sorti du garage sans une permission accordée en haut lieu et en trois exemplaires.

L'énorme van était garé derrière un motel. Les ordinateurs étaient éteints, l'équipement et le matériel médical enfermés dans les placards. La seule lumière venait d'un petit bureau modulaire coincé contre la paroi du fond.

Le professeur Lee, assis à ce bureau, comparait à ses notes le document qu'il avait obtenu à l'Institut.

— Ce n'est pas possible, grommela-t-il. Tous les rapports mentionnaient la présence d'une colonie dans les environs. Ils n'ont pas pu s'échapper… pas tous !

Sur le bureau, des coupures de journaux sortaient d'un dossier gris. Les titres accrocheurs « Une jeune fille de vingt ans meurt noyée », ou « Un homme noie ses enfants avant de se suicider » juraient avec l'atmosphère très scientifique du lieu. Certaines phrases étaient soulignées. Le professeur Lee effleurait parfois son dossier de la main, comme un prêtre caresse sa Bible, ou un chasseur son chien.

Mais ce document… ces résultats…

— Non, non, non ! Bon Dieu !

Lee lança le rapport sur le bureau, puis leva le poing, prêt à frapper quelqu'un.

Contrôle, se dit-il. *Contrôle* !

Baissant la main, il s'obligea à respirer normalement jusqu'à ce que la colère disparaisse.

— Professeur Lee ?

La porte coulissante qui séparait la cabine du conducteur du laboratoire s'ouvrit.

— Quelque chose ne va pas ? demanda un jeune homme blond.

Contrôle, se répéta le professeur.

— Tout va bien, Ritchie. Je suis seulement énervé… Malgré nos efforts, il y en a toujours qui nous glissent entre les doigts.

Ritchie hocha la tête.

— Je sais. Parfois, le combat devient personnel.

Tu ne crois pas si bien dire, pensa Lee tandis que son étudiant le saluait et partait vers le motel.

Tu ignores à quel point ça peut devenir personnel…

Et je prie pour que tu ne l'apprennes jamais.

CHAPITRE VIII

La vampire lutta pour sortir de l'inconscience et ouvrit de force ses paupières. Vivante, elle était fine et musclée – une gymnaste de haut niveau, heureuse et pleine d'espoir. Elle gardait des vestiges de son ancienne grâce…

D'autres vampires se reposaient, respectant la trêve imposée par le soleil.

La nuit allait tomber.

Se réunir pour dormir était réconfortant, même si le soir venu, chacun chasserait seul. Mais quand l'astre du jour brillait dans le ciel, il était bon de se retrouver là, protégé par les murs et les portes de l'ancienne station d'épuration.

Le jour… Dehors, le soleil se couchait, mais elle le sentait encorc traverser sa peau. Ici, elle était en sécurité. L'endroit puait, mais il était obscur. Aucun rayon ne…

Elle s'immobilisa, ses sens de prédateur en alerte.

Du bruit, une odeur étrangère, approchant le long des murs, dérangeant les courants dans les égouts… Quelque chose de vivant. Qui n'était pas censé être là.

— Danger ! cria-t-elle, sautant sur ses pieds avant de trébucher sur un autre vampire.

Elle se releva à temps pour voir une douzaine de silhouettes envahir le nid. Les autres morts-vivants se réveillèrent, reprenant leurs esprits trop tard ; les envahisseurs étaient là.

Les crocs se découvrirent, les griffes battirent l'air, le sang rouge et le sang vert se mêlèrent. Nul ne cria. Il n'y eut que des grognements et des coups de pied.

Puis la mort. La première pour certains. Pas pour d'autres.

L'air était frais, mais agréable. Willow respirait la brise du soir. Comme ils étaient rares, les moments où elle pouvait s'asseoir dehors pour apprécier le crépuscule…

La maison était ouverte, au cas où une retraite précipitée serait nécessaire. Et la lumière du porche était réglée pour s'allumer dès la tombée de la nuit.

Willow n'était pas seule. A l'intérieur, la mère de Buffy, remplissait des formulaires sur la table de la salle à manger. Buffy jouait avec Ariel pour la fatiguer un peu, avant de la rendre à Giles.

— Salut.

Willow sursauta et leva son pieu avant de foudroyer Angel du regard.

— Préviens ! N'apparais pas comme ça, d'accord ?

— Désolé.

Buffy s'approcha, laissant Ariel étudier l'écorce d'un arbre.

— Salut. Tu es en avance. Cette gamine est un monstre, ajouta-t-elle à l'intention de Willow. Elle a une énergie incroyable ! J'ignore comment Giles la supporte…

— Avec difficulté, dit Willow.

Quand elle avait emmené Ariel, son Observateur était prêt à craquer. Il avait même avoué – lui qui détestait perdre son calme – être passé à un cheveu d'exploser quand Ariel avait fait déborder la baignoire. Il était épuisé. Pour le laisser respirer, Buffy avait accepté d'emmener la selkie avec elle en patrouille.

L'expérience ne s'était pas révélée désagréable. Voir Ariel jouer à la balle ou courir après les écureuils avait quelque chose d'émouvant.

La selkie craignait les chiens et évitait les chats depuis qu'un matou lui avait griffé le nez alors qu'elle tentait de l'observer de près. Mais les écureuils – petits, mignons et impossibles à rattraper – étaient un objet d'émerveillement constant.

— Qui est la gamine ? demanda Angel.

— Ariel. Notre selkie.

— C'est elle ? Je n'aurais jamais cru en rencontrer une un jour…

— Ben voilà, c'est fait, dit Buffy. Encore une créature qu'on peut rayer de la liste des mythes. Bientôt, les lutins viendront danser le jour de la Saint-Patrick. Toutes les bestioles de la Création passent leurs vacances à Sunnydale, histoire de me rendre la vie impossible... Il y a des limites ! « Désolée, la Bouche de l'Enfer est pleine, repassez plus tard... »

— Elle n'a pas l'air dangereuse, dit Angel, ignorant la mauvaise humeur de Buffy.

— C'est bien la seule créature inoffensive du coin ! Giles n'aurait pas la même opinion, bien sûr. Et à propos, tu parles gaélique ?

— Gaélique ? Oui... un peu. Pourquoi ?

— Ariel ne comprend que ça, dit Willow. Et l'accent de Giles est abominable.

— Angel, nous espérions que tu pourrais jouer au traducteur... En attendant des nouvelles des cadavres. D'après Willow, les rapports d'autopsie n'ont pas encore été stockés dans la base de données. Bref, pénurie de nouvelles fraîches !

— Désolé, dit le vampire. Le peu que je savais s'est perdu depuis longtemps. Manque de pratique.

— Pourquoi rien n'est jamais simple ? demanda Willow. Ariel ! Non ! Ne traverse pas la route !

La selkie s'arrêta en entendant son nom.

— Ariel, non ! répéta Willow avant de lui faire signe de revenir.

La gamine regarda l'écureuil détaler avant de s'exécuter.

— Intéressant, murmura Angel pendant qu'elle s'approchait.

— Quoi ?

— Quoi ? répéta le vampire avant de réaliser qu'il avait parlé tout haut. Oh, rien. Seulement...

Son sang. Elle paraît humaine, mais l'odeur de son sang est différente.

— Comment ? demanda Willow.

— Pas appétissante.

— Intéressant, en effet, lâcha Buffy. Un sang qui dégoûte les vampires. Nous pourrions le mettre en bouteille et le vendre comme parfum… Je financerais mes études à l'université.

— Et les miennes ! s'écria Willow. Je vois ça d'ici : « Eau de Nuit », à vaporiser si vous devez sortir après le crépuscule. Nous ferions fortune !

— Bas les pattes, Willow ! grogna Buffy en voyant son amie couver Ariel d'un regard mauvais. En parlant d'odeur – et de mort – Oz a affirmé avoir senti quelque chose de spécial sur la plage. A part les odeurs habituelles… et à part Willow. Ne change jamais de parfum, ma vieille, ou tu auras un loup-garou dépressif sur les bras.

— Oz ne sent pas les parfums, mais les émotions. La sueur… quand on a peur, ou quand on… enfin…

— Oh, vraiment ? Nous en reparlerons plus tard… Willow, Giles se demande si Oz serait capable de suivre notre piste… et pas seulement la tienne.

— Une odeur étrange ? Sur la plage ? coupa Angel.

— Quelque chose de bizarre, expliqua Buffy. Une odeur de poisson « affamé », je crois que c'est son expression. Ça te paraît crédible ? « Affamé » peut-il qualifier une odeur ?

Le vampire haussa les épaules.

— La peur a une odeur, comme le désir. Je suppose que la faim également…

Le désir ? pensa Buffy. *Voilà un sujet sur lequel je ne vais pas m'attarder…*

Angel aussi ne paraissait guère disposé à s'étendre là-dessus.

— Alors je me suis dit, fit Buffy en observant les efforts de Willow pour éloigner la gamine de la route, qu'Ariel pouvait être liée à l'affaire…

— La selkie ? s'étonna Angel. Pourquoi ?

— Je suis la seule à faire le rapport ? Une selkie et un tas de cadavres font leur apparition, le tout en vingt-quatre heures et sur la même plage ! Ariel me rend nerveuse, ça doit vouloir dire quelque chose, quand même !

— Les selkies sont…

— Non violents, je sais, sauf quand ils doivent se nourrir. Les femmes tombent amoureuses des humains, mais elles ne sont pas douées pour les relations à long terme. Elles aident – ou séduisent – les pêcheurs… Sur ce point, les histoires sont contradictoires. J'ai eu cette discussion avec Giles et Willow qui pensent qu'Ariel est la plus belle invention de l'homme depuis le vélo tout-terrain. Mais… j'ai fait des rêves…

Elle n'avait pas envie d'en parler. Tout raconter à Giles avait déjà été difficile. Le métier de son Observateur était de rationaliser, de lui dire ce qui était dangereux et ce qui ne l'était pas. Hélas, il ne pouvait rien contre l'intuition…

Le regard rassurant d'Angel l'incita à changer d'avis.

— Je rêve que je me noie, et que quelque chose me tient sous l'eau. Ça commence dans une piscine. Normal, l'équipe de natation m'a laissé de mauvais souvenirs… mais l'eau devient ensuite salée…

— Ton rêve est lié à l'océan. A la marée noire, peut-être. Ariel n'en fait pas forcément partie.

— Quand je la regarde, je la trouve tellement mignonne. Puis je l'observe un peu plus, et… Ce n'est plus « mignonne » mais « dangereuse » qui me vient à l'esprit.

— Normal.

— Pourquoi ?

— Les selkies ne sont pas humains, Buffy. Or tu es programmée pour protéger les humains. Ariel déclenche une sorte d'alarme. Et…

— Crache le morceau, soupira Buffy en voyant qu'Angel hésitait. Et ?

— Tu l'as dit… Willow et Giles l'adorent.

— Tu penses que je suis jalouse ?

— A ton avis ?

L'analyse d'Angel collait trop bien à ce que redoutait la Tueuse.

— Peut-être. Un peu. Un tout petit peu. Mais je préférais ta première réponse.

— Buffy !

Le cri les fit bondir. Sur le trottoir, Willow reculait lentement, serrant Ariel dans ses bras pendant qu'un vampire émergeait d'une bouche d'égout.

Mâle, corpulence moyenne, pensa Buffy en attaquant.

Elle remarqua autre chose... Puis, adieu les pensées parasites ! Elle se concentra pour frapper. Un uppercut au menton fit reculer le buveur de sang. Buffy le toucha ensuite à la gorge ; il tomba à genoux, laissant à la Tueuse le loisir de le contourner pour l'embrocher par-derrière.

— Merci, dit Willow.

La lumière du porche choisit ce moment pour s'allumer.

— Buffy ? cria Joyce, toujours dans la salle à manger. Tout va bien ?

— Impec, maman ! répondit Buffy avant de se tourner vers Willow, se souvenant soudain de ce qui l'avait frappée. Il était en mauvais état, tu as vu ? Il lui manquait une oreille, une partie de la main... comme si quelqu'un avait essayé de le manger. (Elle se tourna vers Angel, qui n'avait pas eu le temps d'intervenir dans le combat.) On peut rejoindre l'océan par les égouts...

Ce n'était pas une question.

— Oui.

— Oh ! souffla Willow. Très mauvais ! Tu crois que la « créature affamée » qu'Oz a sentie avait faim de morts-vivants ?

— Nous allons le savoir, déclara Buffy. Willow, fais rentrer Ariel. Appelle Giles et dis-lui que nous partons enquêter.

Elle jeta un coup d'œil au conduit visible sous la

bouche d'égout ouverte par le vampire, et plissa le nez.

— Pourquoi les choses immondes ne rampent-elles pas plutôt dans les... je ne sais pas, moi, les cinémas ? Comme ça je pourrais peut-être voir un film avant qu'il n'arrive sur le câble.

— Non. Pas de créatures mauvaises dans les cinémas, dit Angel, sérieux comme un pape. Le pop-corn se coincerait dans leurs dents.

CHAPITRE IX

Un court instant, Buffy envia le vampire qui la suivait. Respirer ne jouait pas en faveur des vivants quand on arpentait les égouts de Sunnydale. Si on réussissait à faire abstraction de l'aspect gluant des lieux, et des ombres sinistres créées par les lampes de poches, l'odeur était intenable.

— Pourquoi mon beau destin de Tueuse est-il toujours lié à des trucs infects ? Si je trouve celui qui a inventé cette loi, je le transformerai en chair à saucisse…

Angel eut la sagesse de ne pas répondre. Buffy avait râlé toute la nuit. Avec la colère qui l'animait, Angel ne donnait pas cher de la peau de son prochain adversaire.

Côte à côte, ils franchirent un coude et observèrent le tunnel qui descendait devant eux. Le boyau continuait sur moins de dix mètres avant de se séparer en deux chemins, à l'aspect peu engageant.

Le vampire jeta un coup d'œil à Buffy, qui haussa les épaules.

Ils avancèrent. Leur concentration faiblissait. Ils étaient fatigués et les tunnels se ressemblaient tous.

— Lequel ? demanda Buffy quand ils atteignirent l'embranchement. On joue à pile ou face ? A la courte-pieu ? Non, allons à gauche.

— Une raison particulière ?

— Aucune. Simple caprice. Une autre suggestion ?

Angel huma l'air rance.

— Non. J'avais cru sentir de l'eau salée, mais l'atmosphère est saturée de l'odeur métallique des nouveaux conduits installés la semaine dernière.

— Génial ! Sunnydale se rénove toujours au mauvais moment.

— Nous pourrions nous séparer, nous serions plus efficaces, dit Angel.

— Nous pourrions, répéta Buffy.

Mais aucun des deux esquissa un geste pour s'éloigner de l'autre.

Cinq minutes plus tard, Buffy pensait déjà à faire demi-tour. Le tunnel était de plus en plus étroit, et si elle se sentait claustrophobe, elle imaginait bien le malaise d'Angel.

— Il n'y a rien par ici, déclara soudain celui-ci. C'est nouveau.

— Oui…

Maintenant qu'il le mentionnait… L'endroit était en effet d'un calme étrange.

— Même pas un petit couinement de rat, ajouta Buffy. Non que je m'en plaigne…

L'eau lui montait jusqu'aux chevilles. Elle faillit déraper, se rattrapa et lâcha une bordée de jurons qui auraient horrifié sa mère.

Angel leva le bras pour l'aider, puis s'immobilisa, la tête levée, les yeux étincelants dans la pénombre.

Il avança en silence, suivi par Buffy.

Le tunnel s'élargissait. Tant mieux. Hélas, il n'était pas encore assez large pour s'y battre à l'aise.

— Regarde, dit le vampire.

Buffy s'approcha, pieu à la main. Un corps. La créature frémit à son approche, sans pouvoir faire davantage que la foudroyer du regard.

— Des vampires, souffla la Tueuse. Très endommagés. Quelqu'un veut me priver de la seule partie marrante de mon travail !

Il y avait au moins une douzaine de corps, à demi recouverts de boue. Tous portaient d'atroces blessures.

On dirait qu'un requin a pris de grosses bouchées…

Au contraire des humains découverts sur la plage, les vampires ne pouvaient pas mourir. Leur « hôte » était donc dans l'impossibilité de s'évader de leurs corps malgré l'étendue des dégâts.

On aurait dit un buffet spécial Tueuse : vampires sur le plat, à volonté. Mais Buffy ne sentit pas la montée d'adrénaline qu'elle avait d'habitude devant des démons. Quelque chose n'allait pas. La sensation de son rêve… Pourtant aucun des éléments du cauchemar n'était présent.

Sauf l'humidité.

Angel marcha avec précaution entre les corps mutilés, s'arrêtant parfois pour ramasser un membre.

— Ils se sont bien battus, dit-il en évitant la morsure d'un des morts-vivants.

— On dirait, dit Buffy.

Elle le suivait pas à pas, enfonçant son pieu dans chaque corps dont Angel avait terminé l'inspection. Des vampires handicapés, pourquoi pas ? Mais pour une Tueuse, un bon vampire était un vampire mort.

— Nous ignorons toujours ce qui les a attaqués. Quelque chose venant de la mer. J'aurais dû penser aux égouts. Mais il n'y a personne d'autre ici… Que des vampires.

— Les agresseurs ont dû emporter leurs morts. Ce qui veut dire qu'il en reste quelque part.

— Quelque part ? Ou ici, avec nous ?

— Bonne question. Attends.

Angel marcha vers l'autre extrémité du boyau et disparut.

— C'est ça. Moi, je vais continuer à dépoussiérer.

Elle continua son travail, l'accompagnant d'un bâillement théâtral.

— Dieu que c'est ennuyeux…

Mais le malaise était toujours présent.

Angel revint au moment où elle se débarrassait du dernier vampire.

— Personne. Dommage qu'il y ait tant de boue, elle a lavé les indices.

— Pas tous, dit Buffy.

Retenant sa respiration, elle plongea la main dans un répugnant liquide et saisit une masse informe qui s'était enroulée autour de sa botte.

— Des algues, soupira Angel en haussant les épaules.

— Dans les égouts ? Si loin ? Angel, regarde, des cheveux. Des cheveux très… verts.

CHAPITRE X

Buffy fit grise mine en voyant la bibliothèque fermée. La conception de Giles de la sécurité était simple. Comme il ne pouvait verrouiller la porte pendant les heures de classe, il accrochait un panneau marqué « indisponible pour cause de tri » pour être tranquille. Les gens décidaient souvent de frapper, ce qui lui laissait quelques secondes pour cacher ce qui devait l'être.

Le panneau était là.

Qu'est-ce qu'il magouille encore ? Un sort ?

Elle n'était pas d'humeur à patienter. Angel et elle avaient passé la nuit dans les égouts, à chercher d'autres preuves. Sous la douche, elle s'était frottée jusqu'à ce que sa peau soit rouge ; pourtant elle se sentait encore sale. En tout, elle n'avait dormi qu'une heure. Sans rêver – c'était déjà ça.

Bref, il ne fallait pas la chercher.

Mais la nuit n'avait pas été perdue. Un nettoyage de vampires était toujours bon à prendre.

Et puis, il y avait cette mèche…

Angel n'était pas convaincu qu'il s'agisse de

cheveux, et encore moins qu'ils appartiennent à un monstre. Mais Angel étant un homme – enfin presque – les cheveux n'étaient pas son rayon. Buffy savait de quoi elle parlait.

Voyons ce que Giles en pensera.

Elle entra et entendit Willow enlever prestement quelque chose de la table.

— Fais attention ! cria Oz.

Un petit bruit d'explosion fut suivi par une odeur de fumée. Qui puait encore une fois.

— Aucune grande marque ne voudra de votre parfum, les gars ! dit la Tueuse.

Willow la foudroya du regard. Giles toussota avant de rassurer la jeune sorcière.

— Ce n'est pas grave, Willow. Il reste de nombreuses combinaisons à essayer.

— Pas de chance, hein ? demanda Buffy.

— Non, dit Oz.

Ce matin, ses cheveux étaient blonds. N'étaient-ils pas orange la veille ?

Oz surprit son regard et sourit.

— Un sort. Mais pas l'effet escompté...

— Tu as piqué des trucs dans le laboratoire ? demanda Buffy à Willow.

— Je n'ai rien volé ! J'ai dit que j'en avais besoin pour... du travail.

— Et c'est bien de travail dont il s'agit, fit Giles. J'aurais préféré faire ça à la maison, mais Snyder aurait jappé comme un fou s'il nous avait vus sortir avec des produits chimiques.

— « Jappé » ? Vous traitez Snyder de caniche, Giles ? s'étonna Alex.

— Je le traiterais d'autres noms si je ne devais pas vous servir de modèle en tant qu'adulte...

Giles et Snyder s'étaient disputés la semaine précédente à propos de commandes de livres. Buffy avait manqué le spectacle, mais d'après les témoins, ça avait chauffé. Willow en restait traumatisée et Alex s'était déclaré très impressionné.

— Je crois savoir où nous nous sommes trompés, dit Willow. Nous avons mis trois pincées de verveine séchée, mais la verveine est utilisée pour un nettoyage intérieur, pas extérieur. Nous devrions utiliser aussi du romarin...

Buffy se préparait à leur faire part de ses découvertes quand une dispute éclata entre Willow et Giles sur la magie des océans.

Génial. « Une discussion sur les rituels tourne mal, trois morts ».

Elle jeta un coup d'œil à Ariel, endormie sur une chaise, indifférente à la tension ambiante... La petite fille avait perdu du poids depuis son arrivée : ses pommettes étaient saillantes, sa peau sèche et un peu flasque. Cordélia aurait prescrit de la crème hydratante et des vitamines. Pour Buffy, Ariel était épuisée.

Comme moi. La pauvre...

Quand Ariel ouvrit les yeux, Buffy frissonna de nouveau. Si la selkie avait semblé moins humaine – si elle avait eu des nageoires, par exemple, Buffy aurait mieux supporté son étrangeté. Mais les selkies étaient des mammifères. Ils n'avaient pas de branchies et pas de nageoires. Rien qui trahisse qu'Ariel n'était pas seulement une gamine un peu bizarre. Si Willow n'avait pas senti son aura magique, Buffy l'aurait conduite à l'hôpital sans l'ombre d'un remords.

Irritée par son incapacité à accepter Ariel aussi facilement que les autres, Buffy se tourna vers l'Observateur. Il y avait d'autres priorités que la verveine.

— Giles, je m'en veux d'interrompre vos cours de cuisine, mais j'ai des informations sur…

Quelqu'un frappa à la porte. Ariel bondit de sa chaise, épouvantée, et se cramponna à Giles. Quand celui-ci désigna son bureau, l'enfant s'y précipita. Il referma doucement la porte derrière elle.

— On n'est jamais trop prudent…

— Les gens se demanderaient pourquoi elle n'est pas à l'école ?

— Disons que je ne vois pas de raison de l'exposer sans nécessité. Entrez !

L'homme qui apparut devait avoir l'âge de Giles, avec un de ces visages qui paraissent toujours fatigués. Dommage, pensa Buffy. Avec ses yeux en amandes et les mèches argentées de ses cheveux, il aurait pu être très mignon. Pour quelqu'un de son âge, évidemment.

Mais le pli amer de sa bouche gâchait tout. Buffy se méfiait de ce genre de personnes : les gens aigris aiment rendre les autres malheureux.

Willow n'avait pas la même opinion. Elle se leva en souriant.

— Professeur Lee ! Je suis heureuse de vous revoir ! (L'homme la regarda, étonné.) E.L.F. ? *Emergency Local Force* ? Vous êtes venu nous parler en juin…

Lee se détendit un peu.

— Ah, bien sûr… Veuillez m'excuser, je m'adresse à de nombreux groupes et les visages se brouillent au bout d'un certain temps… (Il se tourna vers les autres, presque souriant.) Je suis le professeur Julian Lee, et comme vient de le dire cette jeune fille, je collabore avec l'équipe chargée de combattre les effets de la marée noire.

— Voilà qui est fort bien, dit Giles. Mais pourquoi venez-vous ici ? C'est la bibliothèque du lycée.

— Oui. J'espérais trouver des articles sur la population sous-marine de la région.

— Sous-marine ? répéta Buffy.

— Les mammifères marins. Les phoques, par exemple. J'ai observé quelques anomalies comportementales et je voudrais confirmer mes impressions.

— Ici ? demanda Alex. Pourquoi pas à la bibliothèque municipale ?

— J'ai peur que… (Lee hésita, l'air navré.) La bibliothèque municipale, bien que magnifiquement située, n'est pas vraiment à la hauteur quand il s'agit de recherches sérieuses. La jeune responsable m'a conseillé de venir ici. Il paraît que la quantité d'informations est impressionnante.

— Ah, dit Giles, gêné mais flatté. Bien sûr. Laissez-moi étudier notre base de données et nous verrons ce que nous pourrons faire.

Il conduisit Lee devant le terminal, évitant de le faire passer près de la table aux composants. Assis devant le clavier, il hésita avant de retrouver le mot de passe.

Pendant que les deux hommes étudiaient l'écran, Buffy se pencha vers Willow.

— C'est bizarre. D'accord, Giles ne laisse passer aucun article, mais pourquoi ce type est-il si pressé ? Et il s'intéresse aux phoques, en plus ?

— Ariel ? Tu crois que…

— Chut ! Je ne suis sûre de rien… A première vue, il est humain, pourtant.

Où pouvait-on prononcer ce genre de phrases ailleurs qu'à Sunnydale ?

— Forcément qu'il est humain ! protesta Willow. C'est un biologiste ! Qui s'intéresse à l'écologie !

Pour Willow, ça écartait toute mauvaise possibilité.

Pas pour Buffy. Elle observa Lee en silence. Il paraissait vraiment intéressé par les documents que lui montrait Giles.

Pourtant, elle avait l'impression que l'attention du professeur se portait sur autre chose. Une impression difficilement définissable. Comme s'il avait des yeux dans le dos…

Mais il n'avait pas encore repéré Ariel, ni son manteau, qui…

Oh, mon Dieu, il est resté sur la table !

Buffy jeta un coup d'œil désespéré à Oz, qui la regarda d'abord interdit. Puis ses yeux se posèrent sur le manteau.

Il fit signe qu'il avait compris.

Très naturel, il se pencha pour prendre un des livres de Willow. Le rapprochant, il fit glisser la peau sur ses genoux, la dissimulant ainsi à moitié sous la table.

Pas parfait, mais mieux que rien.

— Vous avez raison, dit le professeur Lee en se levant. Vous n'avez rien de nouveau à m'apprendre, j'en ai peur. A moins que…

Il fit un pas vers le bureau de Giles mais Willow se dressa en travers de son chemin.

— Il n'y a… rien ici ! balbutia-t-elle. A part, vous savez, des bouquins. Des vieux bouquins. Rien d'utile. C'est sûr…

Félicitations, Will, soupira Buffy intérieurement. *S'il n'a pas la puce à l'oreille maintenant…*

— Allons, Willow, dit-elle en essayant de détendre l'atmosphère. Tu sais qu'il y a la collection complète de *La Vie Marine*… De 1890 à 1910. (Elle fit à Lee un sourire certifié « blonde stupide ».) Mais ça ne va pas vous intéresser, j'imagine. Les vieux trucs, hein, c'est guère utile…

Lee manqua sourire.

— Vous avez raison, ma chère. (Il esquissa une

petite courbette.) Navré de vous avoir fait perdre votre temps.

Quand les portes de la bibliothèque se refermèrent derrière lui, Lee s'en voulut de s'être laissé évincer aussi facilement. Ils savaient quelque chose, il le sentait. L'odeur du secret infestait l'atmosphère.

Lorsque Ritchie lui avait raconté le départ soudain de la fille sur la plage, il avait eu des soupçons. Quelque chose ou quelqu'un s'accrochait à elle tandis qu'elle s'enfuyait en bicyclette, avait dit Ritchie. Il n'avait pas été difficile d'apprendre où la fille était partie, et où elle se cachait.

Oui, ils avaient été assez malins pour ne pas laisser d'indices dans la bibliothèque, et il n'avait pas de commission rogatoire.

Mais après onze ans de tourments, il savait.

Ils cachaient un selkie.

Pas grave ! Il ne m'échappera pas longtemps.

Tout en s'éloignant, il faillit percuter une jolie brune aux jambes interminables.

— Oh !

— Pardonnez-moi, dit-il. Je crains de ne pas avoir regardé où j'allais…

— Toujours, quand on sort de la bibliothèque, répondit la belle inconnue. On est pressé d'aller autre part… N'importe où.

Intrigué, Lee étudia la fille. Une alliée ? S'il se débrouillait bien…

— On dirait que vous avez eu quelques différends avec le bibliothécaire. Comment s'appelle-t-il, déjà ?

— Giles. (La fille passa les mains dans sa chevelure pour la faire gonfler.) Ah, il n'est pas méchant. Un peu emprunté, peut-être, mais…

— Et les étudiants qui sont avec lui ?

Lee travaillait avec des adolescents depuis des années. Enfin, certains n'étaient plus des adolescents – ils fréquentaient l'université – mais les émotions restaient les mêmes. Il réfléchit à qui se trouvait dans la pièce, évalua les possibilités.

— La rouquine… Willow, je crois, paraît très possessive. On aurait dit qu'elle ne voulait pas que j'empiète sur son territoire.

L'attitude de la brune changea du tout au tout ; Lee comprit qu'il avait visé juste.

— Vous me rendriez service si vous pouviez m'informer… pour que je fasse moins de gaffes la prochaine fois. (Il regarda sa montre.) Il est presque midi : si je vous invitais à déjeuner ?

Cordélia étudia l'homme qui se tenait devant elle, sans insister, juste pour évaluer la menace potentielle, et le prix de ses vêtements.

Une veste… sa chemise est en coton, mais de qualité. Jolies chaussures… Italiennes, on dirait.

— Désolée, nous ne pouvons pas sortir du lycée.

C'était un mensonge, mais Cordélia n'irait pas se balader dans les rues avec le premier inconnu qui l'abordait. Pas à Sunnydale.

Même s'il avait de jolies chaussures et de très beaux yeux, aussi noirs que du bon chocolat…

— Bien sûr ! J'aurais dû y penser. Après tout, j'aurais déconseillé à une de mes étudiantes d'accepter une telle invitation.

— Vous êtes professeur ?

L'intérêt de Cordélia retomba aussitôt. Parler à un prof n'avait rien d'intéressant, même s'il était vaguement mignon.

— Non. Pas ici, en tout cas. J'ai enseigné à l'université, mais aujourd'hui je suis en congé sabbatique. Je travaille sur un projet personnel.

D'accord. Un professeur d'université, c'est un peu moins ringard…

Lee fit une pause et étudia Cordélia.

— Vous avez grandi ici, hein ? Peut-être pourriez-vous m'aider… (Un sourire charmeur naquit sur ses lèvres.) J'ai vraiment peur d'avoir été maladroit, et votre collaboration me serait précieuse.

C'est ça. Et moi, je suis la Reine de Saba. Il veut quelque chose…

Enfin, il avait de beaux yeux et il paraissait sans danger.

Si je me trompe, j'ai appris quelques parades l'été dernier…

Cordélia sourit pour effacer les souvenirs affreux de l'année précédente. Ensemble, ils s'éloignèrent de la bibliothèque. Le sac de Cordélia s'était ouvert quelques minutes avant, quand elle avait percuté Lee. Il suffit d'un mouvement discret du poignet pour que ses affaires en tombent.

— Oh, navrée… je suis si maladroite. J'en ai pour un instant.

Elle ramassa ses livres et vérifia que son poudrier n'était pas cassé. Elle l'ouvrit pour vérifier que le visage de Lee se reflétait bien dans le miroir de poche. On n'était jamais trop prudent.

Dehors, certains élèves profitaient du soleil et d'autres se hâtaient d'aller en cours. Cordélia trouva un banc libre puis s'assura d'un coup d'œil que Harmony et sa bande avaient remarqué qu'un adulte s'intéressait à elle.

Elle se tourna vers son interlocuteur, tous charmes dehors.

— Je ne suis guère étonnée que Willow se soit montrée méfiante. Peu d'étrangers viennent dans notre bibliothèque.

— J'imagine. Je voulais seulement en apprendre plus sur une de mes passions…

— Passions ? répéta Cordélia, inquiète.

Les passions étaient pour les gens qui n'avaient pas de vie. Ou qui ne savaient pas se consacrer aux choses importantes, comme le shopping.

— Oui. Je suis un biologiste marin, et j'ai toujours été fasciné par les légendes se rapportant à l'océan. Les contes, les créatures mythiques…

— Vous voulez parler des êtres surnaturels…

Encore un après-midi de fichu ! Décidément, Cordy en avait marre de cette ville.

— Surnaturels ? C'est à voir. Nous venons de la mer ; elle nous a créés. Peut-être existe-t-il encore dans les profondeurs des êtres que nous n'avons pas rencontrés…

Malgré elle, Cordélia se sentit intriguée.

— Comme les algues-tubes des abysses – celles qui ont été découvertes récemment ?

— Exactement ! (Les yeux de Lee s'illuminèrent, comme pour l'encourager.) Mais il s'agit de formes de vie simples. Qui sait s'il n'en existe pas de plus évoluées ? Avez-vous entendu parler des… selkies ?

Houlà. Ariel.

Un signal d'alarme retentit dans le cerveau de Cordélia.

— Oui.

Lee détourna les yeux et regarda ses pieds comme s'il était trop embarrassé pour continuer.

— C'est… Je crains que mes propos vous paraissent trop étranges.

A Sunnydale ? Rien n'est trop étrange ici !

Comme Lee se taisait, Cordélia prit la parole.

— Croyez-moi, cette ville est le rendez-vous de toutes les bizarreries. Et n'ayez pas peur que je parle : personne ne veut rien savoir.

A qui pourrait-elle vendre la mèche, de toute manière ? Pas aux imbéciles de la bibliothèque. A moins que Lee ne soit un chasseur de primes sur la piste d'Ariel, comme le gars, l'année dernière, qui voulait la tête d'Oz.

Mais qui penserait faire du mal à une petite fille ? Et pourquoi ? Pour sa peau ? Franchement, qui portait encore des fringues en peau de phoque aujourd'hui ! Ces mammifères n'étaient-ils pas une espèce en voie de disparition ?

Si sa mère n'avait pas de sac en peau de phoque, c'est que ce devait être illégal et ringard.

— Ah… Enfin. (Le professeur Lee regarda Cordélia, une étrange lassitude dans les yeux.) Les selkies ne sont pas des êtres de légende, mademoiselle Chase. Ils sont réels.

— Vraiment ? Et comment pouvez-vous en être si sûr ?

— J'en ai épousé une.

CHAPITRE XI

— Epousé ? Une selkie ? Mais les selkies sont… (*Laisse tomber, Cordélia… laisse tomber…*) Enfin, je veux dire, un humain et un phoque… ?

Lee semblait regretter sa confidence, et Cordélia sentit la panique l'envahir. Il fallait qu'elle en sache plus. Si ce type voulait faire du mal à Ariel, elle…

Que ferait-elle ? Taper du pied en lui ordonnant de la laisser tranquille ?

Sois réaliste, ma vieille. La seule conduite intelligente à tenir, c'est de ne pas te trouver sur le chemin de ce taré. Tu te souviens de ta résolution ? Sauver le monde, c'est fini. Moi d'abord.

Mais l'information, c'était le pouvoir. Et dans cette ville, souvent la survie…

— Pardonnez ma réaction, murmura-t-elle. Je vous en prie, dites-m'en plus.

— Maelen était une femme, mademoiselle Chase. Inhumaine, peut-être, mais d'une grande beauté. Aussi belle que son âme était traîtresse…

La traîtrise. Je connais ça aussi. Oh, seigneur, je connais ça…

Cordélia eut un élan de sympathie pour son interlocuteur.

— Que s'est-il passé ?

— Elle marchait sur la plage, les pieds dans l'eau. Je suis tombé amoureux d'elle au premier coup d'œil. Comme un gamin. Et elle de moi, au moins le croyais-je.

— Alors ?

— J'ai aussitôt compris qui elle était. Comme je vous le disais, la mythologie est ma passion, et les selkies un de mes sujets favoris. Mais je m'en fichais. Elle a abandonné sa forme aquatique pour devenir ma femme.

— Pourtant vous n'avez pas vécu heureux jusqu'à la fin des temps…

— Non. Cinq ans. Puis elle m'a abandonné… sans une explication, sans un mot, pour retourner à l'océan. Ses vœux, ses promesses, notre amour, rien ne l'a retenue. J'ai essayé de la suivre, mais elle avait disparu.

Le professeur Lee regarda Cordélia pour la première fois depuis le début de son histoire. La souffrance dansait dans ses yeux.

— Sans raison, sans avertissement… Ma vie n'a plus eu de sens. Personne ne m'a cru, bien sûr. Les autres m'ont cru fou de souffrance, jusqu'à ce que j'apprenne à me taire. La traîtrise ultime. Mais vous êtes si jeune… Pouvez-vous comprendre ça ?

Le cœur de Cordélia se serra.

— Votre histoire est banale comparée à ce qui se produit tous les jours dans cette ville… Quant à la trahison, croyez-moi, je sais exactement de quoi vous voulez parler.

— Merci, dit le professeur en se penchant vers elle. Ma chère, je sais qu'un selkie est ici, dans la ville. La jeune fille aux cheveux roux – Willow – le protège sans doute, car elle a bon cœur. Peut-être les autres l'aident-ils aussi. Ce n'est guère surprenant : les selkies peuvent être si séducteurs. Mais ils ne sont pas humains. Ils n'agissent pas comme nous et ne pensent pas comme nous. La destruction des vies humaines… Ils… J'ignore s'il s'agit d'un jeu cruel, s'ils aiment nous donner de l'espoir pour nous anéantir ensuite, ou s'ils ont un but précis. Mais je suis déterminé à ce que nul ne tombe de nouveau dans les griffes de ces créatures sans âme…

— Bien sûr… Voilà qui est très noble de votre part.

Cordy avait l'impression d'être au bord d'un précipice.

D'un côté, il y avait Ariel. Mignonne et sans défense. Elle n'était pas une menace majeure dans une ville infestée de vampires et de démons.

De l'autre, le professeur Lee, dont la sincérité était convaincante. Et son histoire sonnait vrai.

Regardez Angel, par exemple. Un vrai top-model… et un vampire. Tout ce qui est mauvais ne pue pas forcément.

— Je vous préviens, mademoiselle Chase, vos

amis sont en grand danger. Les charmes du selkie les ont peut-être séduits, mais il n'hésitera pas à leur faire du mal.

On se calme ! Un chagrin d'amour ne l'autorise pas à affirmer que tous les selkies sont des monstres. Exagérer, c'est bien, mais il y a des limites.

Cordélia fit à Lee un nouveau sourire et regarda ostensiblement sa montre.

— Mon Dieu… Vous avez vu l'heure ? Il faut que j'aille en cours.

Il n'essaya pas de la retenir.

— Rappelez-vous, mademoiselle Chase. En protégeant le selkie, vos amis se mettent en péril.

— C'est noté.

La seule chose que Cordélia voulait, c'était effacer cet entretien de sa mémoire et nettoyer ses neurones comme on enlève de la boue sur ses chaussures. Hélas, ce fut impossible. Les yeux tristes du professeur Lee se superposaient au regard innocent et confiant d'Ariel.

Qui croire ?

Très bien. Je vais aller à la bibliothèque avertir Giles… Je n'adresserai pas la parole aux autres. Comme ça, ils auront toutes les informations en main. Ensuite, à eux de se débrouiller, ce ne sont pas mes affaires.

Je me fiche de leurs histoires. Je veux être réglo, c'est tout.

CHAPITRE XII

— Hum, dit Giles.

Buffy essaya d'attirer son attention.

— Allô ? La terre appelle Giles.

— Un instant, s'il te plaît, répondit-il, agacé.

Une loupe à la main, il étudiait une mèche verdâtre que Buffy avait ramenée des égouts, indifférent à l'odeur de poisson pourri.

A vrai dire, la puanteur n'était pas pire que celle qui empestait la bibliothèque depuis le matin. Giles ayant passé la journée dehors, à discuter avec le démonolo quelque chose... Buffy n'avait guère avancé. Le seul événement intéressant de la journée, c'était l'interro surprise qu'elle avait lamentablement ratée.

Après les cours, Giles l'avait convoquée pour assister aux « tests ». Willow, l'apprentie Observateur, adorait ces trucs-là, mais pas elle.

— Ça devrait marcher, murmura Giles.

Il prit une bouteille remplie d'un liquide étincelant.

— Alors ? demanda Buffy.

Le résultat allait puer aussi, elle l'aurait parié. Si les événements de la semaine avaient un point commun, c'était leur odeur fétide.

Derrière eux, Ariel gémissait doucement, comme un enfant épuisé. Ce murmure tapait sur les nerfs de Buffy.

— Calme-toi, ordonna-t-elle. On ne t'a pas oubliée.

— Ne sois pas méchante avec Ariel ! cria Willow. On ne se sent pas bien, ma chérie ?

La selkie ne se laissa pas câliner. Elle fit les cent pas dans la pièce. Buffy l'observa. Willow avait raison, la petite n'était pas bien. Ses longs cheveux ne brillaient plus et sa peau était parcheminée. Passer des heures dans une baignoire remplie d'eau ne remplaçait pas l'océan.

Buffy n'arrivait pas à la plaindre. Elle avait d'autres priorités : découvrir les bestioles qui dévoraient les humains et les vampires, par exemple.

Sunnydale est un monde impitoyable. Désolée.

Willow réussit à faire asseoir Ariel et lui passa une main sur le front.

— Elle a de la fièvre ?

— Je vais chercher de l'eau, dit Alex. On pourrait peut-être lui plonger la tête dedans.

— Ajoute du sel ! ordonna Willow.

— Attends, je t'accompagne, dit Oz. A deux, on pourra rapporter un baquet.

Buffy sourit.

— Alors, bande de lâches, l'odeur vous fait peur ?

— Parle plutôt d'infection, dit simplement Oz.

— Et au moment où on croit que ça ne peut pas empirer, ça vous détrompe, dit Alex.

— Très bien, très bien, sauvez-vous, espèce de minables… ! plaisanta Willow.

Buffy se retint de suivre les deux garçons dans le couloir. Si Giles et Willow pouvaient supporter l'épreuve, elle aussi.

— Nous pouvons affirmer qu'il s'agit bien de cheveux, dit Giles.

— Je ne l'aurais jamais deviné. Quel genre de cheveux ?

Giles trempa la mèche dans le liquide étincelant, qui sentait la menthe. La délicieuse odeur combattit un instant la puanteur… et recula, vaincue.

— Alors ?

Giles déposa la mèche sur une feuille de papier immaculé, qui passa au bleu-vert avant de devenir marron.

— Le PH de la mèche et la réaction des cheveux exposés au (suivit un mot de trois cents syllabes que Buffy n'écouta pas) confirmerait que l'échantillon appartient bien à un être qui passe la majorité de son temps dans l'océan. Non que nous en doutions, mais il est bon d'en avoir confirmation… Hélas, mes recherches ne nous ont pas permis de trouver la trace d'une créature marine carnivore. D'autant que la nourriture semble être le moindre des soucis de nos adversaires. Ils n'ont pas consommé une grande partie de ceux qu'ils ont tués…

— A notre connaissance…, soupira Buffy. Peut-être emportent-ils leur nourriture ailleurs pour s'en repaître tranquillement. Ou alors ils n'avaient pas vraiment faim en arrivant... Ils ont dû être attirés par la Bouche de l'Enfer ; le problème, c'est qu'ils n'avaient pas emporté de pique-nique.

— Possible... J'aimerais savoir s'il s'agit d'une créature ou de plusieurs.

Willow hésita.

— Une, ce serait préférable, non ?

Buffy et Giles se regardèrent. Après réflexion, l'Observateur déclara :

— Normalement, oui. Mais l'idée qu'un seul monstre soit assez redoutable pour terroriser la population de vampires de Sunnydale...

Willow passa son bras autour des épaules d'Ariel.

Le destin pouvait être d'une terrible ironie. La faiblesse d'Angel – sa nature vampirique – était la source de sa force. Ce qui les séparait, rendant toute liaison amoureuse impossible, était aussi ce qui les rendait si efficaces quand ils combattaient côte à côte... Ou chacun de leur côté.

Angel avait raccompagné Buffy chez elle avant de rentrer se reposer. Mais la vision des vampires déchiquetés dans les égouts ne cessait de le hanter.

Qui avait pu commettre un tel massacre ? Et comment ?

Dès le crépuscule, il patrouillait dans les rues de Sunnydale en espérant que l'exercice l'empêcherait de trop ruminer.

Buffy avait apporté la mèche verte à Giles. Elle était probablement avec lui, à tenter de découvrir l'identité de leurs adversaires. Il préférait ne pas aller à la bibliothèque ni croiser le regard des autres membres de l'équipe. De Giles, surtout…

N'y pense pas, se dit-il, répétant la phrase que Buffy utilisait si souvent.

Ne pas « y » penser. Tout un art ! Mais c'était difficile. Tout le blessait.

Sauf Buffy.

Ça suffit. Concentre-toi sur le boulot.

Si quelqu'un pouvait trouver une piste, c'était Giles. Contrairement à Cordélia et au reste du Gang de Scoubidou, Angel ne faisait pas l'erreur de sous-estimer l'Observateur, ni les ressources à sa disposition.

— Hé !

Angel était déjà en mouvement, disposé à tordre le coup à toute créature humaine ou inhumaine qui s'aviserait de mal faire. Il sauta une haie et atterrit, prêt à se battre.

Ce ne fut pas un vampire qu'il découvrit.

L'homme luttait sans grand espoir contre la créature… Un être androgyne et fin, la peau vert-argent, aux longs cheveux verdâtres descendant sur les épaules. Ses yeux ronds et noirs, très écartés, se posèrent sur Angel.

La bouche de la créature s'ouvrit, révélant deux rangées de dents pointues. Comme celles d'un requin.

Angel frissonna. Devant lui se tenait l'incarnation du mal absolu.

La créature se pencha et mordit le cou de sa proie.

Angel recula d'un pas… et sentit des mains écailleuses se poser sur son épaule.

Alex leva les bras, accablé.

— Comment aurais-je pu deviner que le baquet faisait partie d'une expo organisée par les élèves de première année ?

— Le fait qu'il soit posé sur un socle, peut-être ? ironisa Oz. Ou… Salut, Cordélia, dit-il en évitant de justesse une collision.

La jeune fille recula et se passa une main dans les cheveux. Elle jouait la nonchalance, mais son regard se tournait malgré elle vers la bibliothèque.

— Vous n'avez pas de famille ? De maison ? Je sais que personne ne s'intéresse à Alex, mais toi, Oz, tu dois bien avoir un parent qui s'inquiète…

— Regardez ! cria Alex. Voilà l'Aimable Cordélia. N'est-elle pas… ?

— Stop ! fit Oz en s'interposant. On arrête. Tous les deux.

— Je n'ai pas… !

— Il a… !

— Cordélia ! coupa Oz. Quelque chose t'ennuie ? A part Alex, bien sûr ?

La jeune fille se mordit les lèvres et se détourna, histoire d'exclure symboliquement Alex de la conversation.

— Ce que vous manigancez, déclara-t-elle, a

éveillé l'intérêt. Et non, ne me donnez pas de détails. Je ne veux rien savoir.

— Qui s'intéresse à nous ? demanda Alex. Le professeur Lee ? On s'en est débarrassé...

— Justement, non. Il est persuadé que vous dissimulez quelque chose. Oz, Lee est au courant de l'existence d'Ariel, j'ignore comment, mais...

— Tu lui as dit, sans doute, grommela Alex.

— Non ! cria Cordélia. Il a trouvé tout seul. Mais il n'est pas très au courant... Pour lui, les selkies sont top-dangereux, ce qui prouve qu'il n'est pas depuis très longtemps à Sunnydale...

— Génial, grogna Alex. Tout simplement génial ! Et tu ne t'es pas demandé une seconde si ce type n'essayait pas de te manipuler pour en apprendre plus, Miss Subtile ?

— Ça m'apprendra à essayer de vous aider ! explosa Cordélia. On ne m'y reprendra plus. Débrouillez-vous tout seuls avec vos problèmes... Ou laissez Buffy les gérer à votre place, comme toujours !

Elle tourna les talons et entra dans la bibliothèque avant qu'Alex ait pu trouver une répartie.

— Pas le temps, Alex, souffla Oz en désignant le couloir.

Le professeur Lee approchait à grands pas.

— Oz, en cas de doute, fais comme moi : l'idiot.

Un grand sourire aux lèvres, il se planta devant Lee.

— Professeur ! Bonjour ! J'avais vraiment envie de vous rencontrer !

Comme Lee essayait de le contourner, Oz entra dans le jeu, bloquant le passage.

— C'est vrai ! Nous n'avons pas souvent l'occasion de voir quelqu'un de si important, qui a vraiment, euh, accompli des trucs…

Pour Oz, c'était pratiquement un discours. Alex fut impressionné. Qui aurait cru qu'il pouvait dire tant de mots à la fois !

— Désolé, dit Lee qui ne pouvait pas apprécier l'exploit. Je dois…

— Absolument ! coupa Alex. Vous savez, l'autre jour, je disais à Oz – c'est lui – qu'on ne parlait pas assez des poissons. C'est important, les poissons.

— Je suis navré, vraiment, je suis un peu pressé…

— Bien sûr, pas de problème. C'est juste… On nous dit toujours que les jeunes ne posent pas assez de questions. Pour notre éducation, et tout ça, vous voyez ? Alors… dites-nous, que pensez-vous du langage des dauphins ?

— Berk ! fit une voix dégoûtée. Qu'est-ce que vous fabriquez ?

Cordélia.

Buffy ne leva même pas les yeux.

— Nous testons un nouveau parfum. « Extrait d'Algues ».

— Très drôle !

— Que puis-je faire pour toi, Cordélia ?

La jeune fille hésita. Elle paraissait nerveuse.

— Je… Le professeur Lee ? Il est déjà venu…

Oh, non. Je savais que ce type nous ferait des ennuis !

— Il m'a invitée à déjeuner. Ce n'est guère étonnant, vous savez, je fais souvent de l'effet aux hommes plus âgés…

— Cordélia, je t'en prie, dit Giles. Nous sommes un peu pressés.

— Il chasse les selkies. Je sais, ça paraît fou… Mais on a vu pire, non ? (Cordélia s'interrompit et constata avec plaisir que tous les regards étaient rivés sur elle.) Il m'a raconté qu'il en avait épousé une et qu'elle l'avait laissé tomber pour retourner à la mer. C'est possible ?

— Oui, oui…, dit Giles, passant de l'irritation à l'intérêt. Au moins dans le folklore.

— Un mari délaissé, commenta Buffy. Qui veut se venger. Il n'arrive pas à la haïr – il l'aime encore, sans doute – alors il se défoule sur la famille de son ex-dulcinée. Ariel…

— Exact ! coupa Cordélia. Giles, il connaît l'existence d'Ariel. Je n'ai rien dit, juré : il savait que Willow la cachait. Il pense qu'elle est dangereuse. Si ce n'est pas ridicule, avoir peur d'un petit bout de chou comme ça.

— Il ne posera pas la main sur elle ! jura Buffy. Nous l'en empêcherons.

Sa propre détermination la surprit. Ariel la mettait peut-être mal à l'aise, mais ce n'était pas une raison pour laisser un humain frustré lui faire des misères.

Cordélia partie – libérée d'un poids – Oz et Alex revinrent, sans baquet, mais heureux d'avoir fait fuir le professeur Lee.

— Pour l'instant, en tout cas, dit Alex. Mais s'il est aussi obsédé que le prétend Cordélia…

— … il n'abandonnera pas, acheva Buffy. A moins que nous ne l'y obligions.

— Et il ne se laissera peut-être pas faire, plaisanta Oz.

— Toujours optimiste, toi, hein ? commenta Alex.

Oz haussa les épaules et alla rejoindre Willow, qui tentait de passer un linge mouillé sur la peau d'Ariel.

— Ariel, *ciunas*. Calme-toi, s'il te plaît. Ariel ! répéta-t-elle alors que la gamine essayait de nouveau de s'enfuir. Les garçons, vous pouvez m'aider ?

— *Csog* ! insista Ariel, les yeux écarquillés. *Cota* !

— Ça veut dire « manteau », c'est ça ? demanda Willow.

— Hein ? Oh oui…, dit Giles, qui essayait de mettre au point avec Buffy une stratégie anti-Lee.

— « Manteau ». Oui, Ariel, je sais que nous ne l'avons pas encore nettoyé, mais nous y travaillons, je te jure ! (Willow se tourna vers Giles.) Elle est hystérique ! Vous devez la calmer !

— Ariel, nous ne t'avons pas oubliée… *Dearmad no*… Grammaticalement, il n'y a pas plus incorrect mais je fais ce que je peux. *Dearmad no*... Mais si nous ne réglons pas un autre problème d'abord, tu n'auras plus de famille vers qui retourner. Je sais, je sais, tu ne comprends pas, mais franchement, je suis à court de gaélique ! Alors assieds-toi et tais-toi !

— Voyons, Giles, dit Buffy. On perd son calme devant ses élèves ? Vous, un adulte modèle ?

— Très amusant. Maintenant... Buffy ?

La Tueuse avait bondi de sa chaise, tous ses sens en éveil.

— Je ne suis pas sûre... Angel !

Le vampire entra. Sa grâce habituelle avait disparu et il tenait à peine debout. Ses blessures ne paraissaient pas graves, mais il semblait dans un tel état d'épuisement que les trois humains se précipitèrent vers lui pour le soutenir.

— Que s'est-il passé ? demanda Buffy pendant qu'ils l'aidaient à s'asseoir.

— Je ne connais rien capable d'abîmer un vampire comme ça, soupira Willow. Sauf toi, Buffy.

— Il est très difficile de faire mal à un mort-vivant, confirma Giles.

— Leurs griffes, souffla Angel. Un poison... Difficile de bouger...

Il frissonna quand Buffy lui enleva son manteau, révélant une grande déchirure à sa chemise. Dessous, la peau était lacérée.

Ariel, apeurée, se blottit dans les bras d'Oz.

— Neurotoxines, commenta Giles. Certaines créatures marines en utilisent pour étourdir leur proie. Ainsi, les démons y sont sensibles. Fascinant…

— Giles, vous ferez des recherches un autre jour ! protesta Buffy. Angel, étaient-ce les créatures qui ont attaqué les vampires dans les égouts ? Et les humains, sur la plage ?

— Je le crains. Ou il y a vraiment trop de monde en ville.

— A quoi ressemblaient-elles ?

Derrière Giles, Willow ouvrit le *Grand Livre des Démons Marins*.

— Humanoïdes. Verts, avec des écailles. De longs cheveux, comme ceux découverts par Buffy.

— Qui avait raison ? grommela la Tueuse.

— Ils ont des dents, continua Angel. Trop pour leur bouche… Et ils combattent en meutes, comme des loups. L'un d'eux m'a distrait tandis que les autres s'approchaient par-derrière. Leurs poings sont très durs. Ils ont peut-être des nageoires. Ils m'ont assommé ; quand je me suis réveillé, ils me tournaient autour comme si j'étais le plat principal.

— La sensation doit être nouvelle pour un démon, dit Giles avec une sombre satisfaction.

Angel accusa le coup, puis continua :

— J'en ai surpris un en train de manger. Il prenait des bouchées d'un humain qui hurlait encore. Quand il est mort, la créature s'en est désintéressée. Elles veulent que leur nourriture soit vivante.

— Alors, pourquoi attaquer des vampires ? demanda Buffy.

— Pas pour manger, dit Giles. Ils ne voient peut-être la différence qu'après avoir goûté…

— Ils ignoraient ma vraie nature. Quand ils ont compris, ils m'ont flanqué quelques coups de pied avant de partir.

— Des merrows ! dit soudain Giles. J'étais tellement occupé à chercher une créature se nourrissant de vampires que j'ai ignoré l'évidence.

— Des merrows…, répéta Buffy. Si on m'expliquait ?

— Des cousins désagréables de la charmante sirène, qui n'est d'ailleurs pas si charmante, si on en croit les…

— Giles, coupa Buffy. Les merrows ?

— Oui. Ils sont humanoïdes. Ce sont des bipèdes. Ils arrachent les humains des bateaux et les dévorent.

— Plus de croisières pour moi ! dit Alex. Mais pourquoi ont-ils décidé de venir s'alimenter sur terre ? Oh, suis-je bête ! La marée noire…

— Exactement. La marée noire ! Si elle a nui aux autres créatures marines, elle doit les gêner aussi. L'environnement est une chaîne qui…

— Nous parlerons écologie plus tard, coupa Buffy. Bon. Il y a de nouveaux méchants en ville. Je leur demande poliment de partir, et s'ils ne le font pas, je leur casse la figure.

— Ça ne sera pas simple, dit Angel. Si les merrows ont changé de territoire de chasse, les vampires risquent de le prendre mal. Et si les deux groupes s'affrontent…

— Mon Dieu ! soupira Giles.

— Quoi ? (Buffy les regarda tour à tour.) Les merrows sont méchants, Giles, j'ai compris. Quel est le… ? Vous pensez que nous allons devoir faire face à une guerre des gangs ? Les poissons contre les morts-vivants ?

Angel hocha la tête.

— Avec la Bouche de l'Enfer comme trophée pour le vainqueur. Et les habitants seront pris entre deux feux.

— Génial, soupira Alex. *West Side Story* à Sunnydale. Mais sans Natalie Wood.

— Des prédateurs alpha, souffla Oz, qui s'était tu depuis si longtemps que les autres avaient oublié sa présence.

Ariel se blottissait dans les bras de Willow.

— Je crains que tu n'aies raison, dit Giles

— Soyez gentils, les copains, traduisez, implora Buffy. D'accord ?

— La chaîne alimentaire, expliqua Willow. Il y a d'abord les plantes, puis les herbivores qui s'en nourrissent. Les herbivores se font chasser par des petits prédateurs, qui eux-mêmes sont dévorés par des grands prédateurs. Et tout le monde vit heureux… Sauf ceux qui se font manger, bien sûr. Bref, tout va bien, sauf quand la chaîne est brisée.

— Mais cette sympathique histoire de bouffe a été perturbée par la marée noire, conclut Alex.

— A Sunnydale, les vampires sont en bout de chaîne, continua Willow. Ce sont les prédateurs alpha. Ils sont forts, rapides et pratiquement indestructibles. Mais l'arrivée des merrows n'était pas prévue dans l'équation. Il n'y a pas de place pour les deux groupes…

— Il n'y a de place pour aucun des deux ! rappela Buffy. Pas tant que je suis là !

— Je propose que nous nous concentrions sur les merrows, dit Giles. Bien que je répugne à l'avouer, les vampires semblent être un moindre mal…

— Vous n'êtes pas le seul à « répugner », conclut Alex. Dieu le sait, Giles, nous « répugnons » avec vous.

L'aube était encore loin et les vampires arpentaient la ville en toute liberté.

— Tu as vu quelque chose ? demanda l'un d'eux.

Epais et solide, c'était jadis un joueur de football américain. Il était tombé sur les victimes des merrows, et son sang criait vengeance. Personne ne lui volerait ses proies. Personne !

Le deuxième vampire, une femme, serra les poings.

— Non. Même pas d'humains. Et toi ?

— Rien. Pour l'instant.

Si près l'un de l'autre, ils ne se sentaient pas à l'aise. Pas sans un Maître à suivre. Mais depuis l'arrivée des intrus, une trêve tacite régnait entre les morts-vivants. Pour la nuit. Et aussi longtemps que durerait cet état de siège.

Puis le vent tourna.

— Du sel, dit le premier vampire en humant l'air.

Il plongea.

L'autre le suivit un instant plus tard, et les deux démons attrapèrent le merrow solitaire – un espion maladroit – ne lui laissant aucune chance. La créature grogna et mordit, arrachant des morceaux de chair, mais les autres vampires, attirés par l'odeur du sang et du sel, arrivèrent.

Ce n'était pas du sang humain nourrissant, mais il apaisait la soif de vengeance.

Les vampires se relevèrent, crachant à cause du sang trop salé. Griffés par la créature, certains luttaient contre les effets du poison. Les restes du cadavre du merrow gisaient sur le sol.

Les envahisseurs ne seraient pas tolérés à Sunnydale.

La guerre avait commencé.

CHAPITRE XIII

Pourquoi était-il revenu ? Lee l'ignorait. Retourner sur la scène du crime ne marchait que dans les romans policiers, où le héros, en regardant simplement le tapis déchiré, était capable d'en déduire que l'assassin avait quarante-cinq ans, faisait un mètre quatre-vingt-dix et adorait les sandwichs au thon.

Lee s'assit sur la rambarde, face à l'océan. Il l'avait tant aimé ! De sa passion, il avait fait un métier. Il voulait savoir ce qui se cachait sous les eaux et rêvait d'éclaircir un par un les mystères des profondeurs. Il était venu bardé de science pour découvrir la légende.

La légende, et la souffrance.

— Tu me manques tant, Maelen, dit-il au vent. Pourquoi m'as-tu volé mon cœur ? Cela te plaisait-il de me voir à tes pieds ? As-tu ri en imaginant mon désespoir ?

Il n'attendait pas de réponse… En onze ans, il n'en avait jamais eu. Depuis le départ de la traîtresse, il avait rencontré quatre selkies. Trois étaient morts sans qu'il puisse les interroger. Le quatrième lui avait craché au visage avant de sauter du petit bateau de l'Institut.

Le nettoyage continuait et les médias se réjouissaient. « Nous avons eu de la chance », répétaient-ils, mais les rapports des volontaires et des professionnels d'E.L.F., qui travaillaient jusqu'à l'épuisement sur les plages, continuaient à affluer par e-mail et par fax. Ritchie devait être au labo, à compiler les informations dont Lee aurait besoin pour estimer les dégâts et rédiger ses rapports.

Il aurait dû être là bas et faire le boulot pour lequel le payait l'Institut.

Mais il était si facile de se laisser aller… Là, sur ce morceau de plage où ne roulaient que du sable, des algues et des pierres.

Les vagues effaçaient tout. Sauf les souvenirs, et la douleur.

Lee passa sa main dans son blouson et caressa la forme rassurante de son arme. Bien sûr, elle ne résoudrait rien, mais la savoir là lui donnait de la force. Le sentiment de contrôler l'univers.

Alex s'arrêta net, manquant perdre l'équilibre sur les rochers glissants. Le professeur Lee était là, assis avec… Un flingue à la main.

— Professeur ! cria-t-il sans réfléchir.

Bravo ! Attire son attention. Bonne idée.

Lee rangea l'arme dans son blouson, son geste indiquant qu'aucune violence n'était à craindre.

— Bonjour, dit-il. Nous nous connaissons ?

— Alex. Alex Harris. Nous nous sommes vus au lycée…

— Ah oui. Vous essayiez de m'empêcher d'entrer dans la bibliothèque.

Alex faillit s'étrangler. Il n'avait pas été si subtil, après tout.

— Ah, euh, oui, balbutia-t-il. C'est-à-dire… Vous savez…

— Vous me cachez quelque chose. Mais je ne peux pas vous forcer à m'écouter. Seulement prier pour qu'aucun mal ne vous arrive pendant que vous réfléchissez.

Alex se sentit mal à l'aise. Il s'était préparé à affronter un fanatique au discours enflammé, pas un homme au regard triste. Si Willow avait été là, elle aurait su quoi dire. Elle trouvait toujours le mot juste. Pas Alex. Il était le roi de la gaffe, et ce n'était pas le moment d'en faire.

« Va le voir, Alex, avait dit Buffy. Découvre ce qu'il magouille, ce qu'il a dans la tête… Empêche-le d'aller au devant des ennuis. C'est pas compliqué… »

Pas compliqué. Merci, Buffy.

Oz répétait, Willow gardait un œil sur Ariel et Buffy et Giles passaient les derniers rêves de la Tueuse au peigne fin pour voir ce qu'ils pouvaient en tirer.

Bref, le sale boulot revenait à Alex.

Découvre ce qu'il magouille, ce qu'il a dans la tête.

Eh bien, Lee ne magouillait rien du tout, et il ne paraissait pas avoir d'ennuis.

Les vagues déferlaient sur la plage.

Lee reprit la parole au bout d'un long moment.

— Vous savez quelque chose, dit-il en regardant Alex. Et toute la bande aussi. Je le vois dans vos yeux… Vous connaissez le danger.

— Pas vous…

Alex avait parlé sans réfléchir et il eut aussitôt envie de se botter les fesses. Félicitations, Alex. Pourquoi ne pas lui serrer la main et l'inviter au club ?

— Je vous assure, je suis parfaitement au courant de… protesta le professeur.

— Non. (Autant mettre le deuxième pied dans le plat. Ce type était censé être une lumière, qu'il prenne un peu conscience de la réalité…) Vous ne savez rien.

— Comment osez-vous ? s'écria Lee. Ils dévorent l'âme de l'humanité, foulent aux pieds les valeurs familiales…

— Si vous passez aux valeurs familiales, moi je laisse tomber, répondit Alex. Je suis certain que vous… (Il s'interrompit, son regard fixé sur les rochers.) Oh !

— Quoi ?

Alex s'élança, faisant voler le sable sous ses baskets. Lee le suivit et découvrit… la chose, quelques secondes plus tard.

Un bras humain. Le corps n'était nulle part en vue.

— Mon Dieu, souffla Lee.

Il devait être plus vert que les rochers, mais Alex ne lui prêta aucune attention, trop occupé à chercher d'autres restes.

— Berk !

Un morceau de torse flottait parmi les algues. Et une tête, aussi. Le visage de l'homme était pétrifié de terreur, ses yeux crispés.

— Non, dit Alex en empêchant Lee d'approcher. Croyez-moi, vous feriez mieux de ne pas regarder.

D'ailleurs, moi non plus. Hé, une minute…

Alex avança le pied vers le « cadavre » et le fit pivoter pour mieux voir l'autre bras. Un insigne était encore accroché sur la manche du blouson.

Il était carré, bleu foncé, et orné de trois lettres : *E.L.F.*

— Mon Dieu ! répéta Willow.

Buffy la fit asseoir pour ne pas qu'elle tombe.

— Mon Dieu !

Alex avait utilisé l'enregistreur du professeur pour prendre des notes, puis il était rentré à la bibliothèque à toute allure, laissant à Lee le soin d'appeler la police. Il préférait éviter d'être associé à la découverte d'un cadavre mutilé. C'était déjà arrivé trop souvent à son goût.

Et Lee avait le droit d'être sur la plage. Alex, lui, était censé être en cours…

— Mon Dieu ! dit Willow pour la centième fois.

— Respire, Willow, conseilla Giles.

— Oui. Respirer… Pauvre Sean. C'était le chef d'équipe. Il devait inspecter le site après notre passage pour vérifier que nous n'avions pas laissé d'endroit souillé ni oublié des outils. Il a dû y retourner et…

Elle s'interrompit, essayant de refouler ses larmes. Buffy sentit son cœur se serrer. Willow était toujours si spontanée, si honnête. Elle n'aurait pas dû être obligée de rester stoïque devant la mort d'un ami.

Parfois le stoïcisme aide à supporter l'horreur. Nous sommes blasés maintenant. Bien trop !

Et Willow était la seule à pouvoir leur donner l'information dont ils avaient besoin.

— Sean avait une raison d'être sur la plage à cet endroit précis ? demanda Buffy de sa voix la plus « professionnelle » possible.

Willow hocha la tête.

— Mais aucune raison d'y aller la nuit ?

— Le nettoyage de la plage est une activité diurne, confirma Giles.

— Ce qui veut dire que la créature responsable de cette horreur est toujours sur les lieux, commenta Alex avec un frisson. Qui sait, elle était peut-être encore là, dans les eaux, quand j'ai trouvé les morceaux… Je vote pour sortir l'artillerie lourde !

Buffy était du même avis. Trouver des cadavres déchiquetés était loin de la mettre de bonne humeur.

— Et Lee ? Qu'est-ce qu'il a raconté ? demanda-t-elle.

Alex haussa les épaules.

— Pas grand-chose. Des trucs sur les dangers de l'océan. Le pauvre, il est obsédé par cette histoire de selkie. Son ex a dû le traumatiser pour de bon.

— Avoir le cœur brisé est une sensation désagréable, dit Buffy avec un peu trop de conviction. Ça peut rendre fou.

— Lee se rapproche de la folie à vitesse grand V. Au fait, où est Ariel ?

— Elle dort dans mon bureau, dit Giles. Une vieille baignoire remplie d'eau chaude, quelques poignées de sel et des serviettes pour que le fond soit plus moelleux… elle s'est tout de suite sentie chez elle.

— Mais elle s'affaiblit d'heure en heure, soupira Willow. Même avec l'eau salée. J'ai essayé d'utiliser la lotion conseillée par Cordélia, mais…

— Cordélia ? coupa Alex.

— Bizarre, avoua Buffy. Elle est venue une heure après ton départ avec un tas de trucs pour Ariel. Des jouets, de la crème…

— Elle veut aider, fit Willow. Ou plutôt… Elle ne veut pas nous aider, mais… Je veux dire…

— Nous comprenons, dit Buffy.

— Bien. Les sorts. Nous devrions travailler, n'est-ce pas, Giles ? Ariel ne peut pas rester toute sa vie dans cette baignoire…

— Faites de votre mieux, dit Buffy en prenant son blouson.

— Où vas-tu ? demanda Giles sur son ton le plus sévère.

Buffy était si heureuse de le voir de nouveau se comporter en Observateur qu'elle ne protesta pas.

— Je pars à la pêche.

CHAPITRE XIV

— Ça vous ennuierait si je me cachais sous quelque chose ?

— Merci de ta confiance, Alex, dit Giles sans le regarder.

Il avait utilisé un morceau de saumon fumé pour convaincre Ariel de rester assise sur la paillasse. Sa peau souillée était enroulée autour de ses épaules, comme le jour où Willow l'avait découverte, sur la plage.

— De rien, répondit Alex avec un grand sourire.

Buffy partie rejoindre Angel ; ils avaient migré dans le laboratoire de chimie, espérant que le professeur Lee ne viendrait pas les y chercher. Willow était presque certaine d'avoir le sort et les composants adéquats.

Dans le laboratoire, d'éventuelles erreurs pourraient passer pour des expériences ratées. Les étranges émanations venues de la bibliothèque commençaient à attirer l'attention.

Giles était inquiet pour ses livres. Les parchemins buvaient les odeurs.

— C'est parti..., annonça Willow sans grande conviction, en s'approchant de la paillasse.

Elle était pieds nus, le tee-shirt sorti de son pantalon. Giles avait fait de même avec sa chemise. Le sort devait normalement être lancé par des personnes nues, mais Giles avait refusé. Ne rien laisser de serré sur eux lui semblait la meilleure manière de tricher.

Oz et Alex reculèrent jusqu'au mur du fond. Aucun d'eux ne voulait quitter la pièce, mais ils préféraient se montrer prudents.

Willow jeta un dernier coup d'œil à Giles et commença.

— *Sous ta forme véritable je t'invoque...*

D'une main, elle lança une poignée de sels multicolores sur Ariel. La selkie essaya de lever la tête pour voir de quoi il s'agissait, mais Giles lui maintint fermement le menton.

— *Sous ta forme véritable je te purifie...*

L'autre main entra en action et une douche de poussière multicolore dansa autour d'Ariel.

— *Sous ta forme véritable je te libère.*

Willow joignit les mains, puis les passa sur Ariel pour aider les composants du rituel à pénétrer. Ses lèvres bougèrent doucement tandis qu'elle prononçait les derniers mots.

Ariel gémit mais ne bougea pas. Sa peau frémit sous la main de Willow tandis qu'une douce lumière apparaissait sur le manteau de phoque enroulé autour de ses épaules.

— Ça marche, murmura Oz.

Alex plissa le nez à cause de l'odeur des composants.

Aegir, regarde ton enfant avec bienveillance.

Aegir, regarde ton enfant avec amour.

Délivre-la des liens créés par l'homme.

Délivre-la des…

Atchoum !

Willow poussa un petit cri, Oz sursauta et Ariel bondit de la table, se jetant dans les bras de Giles. La lumière s'éteignit ; l'Observateur et la selkie basculèrent et s'écrasèrent sur le sol dans un crash retentissant.

— Navré, dit Alex, la main sur le nez. Désolé.

— Alex ! s'écria Willow. Nous y étions presque ! Je devrais te…

— Willow, ça suffit ! dit Giles. Au moins nous savons que nous allons dans la bonne direction. Ariel ? Tu vas bien ? Heu… *Follain* ?

La selkie sentait tristement sa peau de phoque. Elle tourna ses grands yeux vers l'Observateur et dit en gaélique quelque chose que Giles traduisit par « ça n'a pas marché ».

— Presque, petite. Presque. La prochaine fois… Willow, je pense que nous devrions prendre du sel de mer.

— Vous avez raison. J'imagine que le magasin diététique devrait…

— Giles !

Le cri d'Oz mourut quand le garçon fut projeté à terre. La chose qui l'attaquait faisait deux fois sa taille, mais presque la même masse… Une créature fine et dure, toute de tendons et de muscles. Mais elle n'était pas très agile, et elle eut du mal à se dépatouiller d'Oz. Enfin, relevant la tête, elle s'écarta du garçon et fonça vers Alex. D'autres silhouettes apparurent derrière la porte.

Leurs mouvements sont maladroits, nota Giles. *Malgré leur force, ils ne sont pas à l'aise en terrain sec. Pour l'instant, c'est notre avantage... peut-être le seul. Ariel !*

La selkie était la plus faible d'entre eux. Si les merrows étaient malins, ils s'attaqueraient à elle d'abord.

— Willow ! Protège Ariel !

Willow se plaça devant la petite fille et agita les mains. La magie étincela autour de ses doigts, renforcée par les composants du dernier sort, encore collés sur sa peau. Des lignes de protection bleutées apparurent autour des deux filles. Une simple illusion. Mais peut-être réussirait-elle à tromper les merrows…

Dans le coin du labo, Alex se débrouillait plutôt bien. Il abattit un tabouret sur le crâne verdâtre d'un merrow, qui s'écroula.

Bien, mon garçon, pensa Giles.

Au moins un qui avait retenu ses leçons : toujours faire avec ce qu'on a.

L'Observateur se dit que les restes du tabouret feraient d'excellents pieux.

Trois créatures entouraient maintenant Alex. Une quatrième tentait de mordre Oz… Il en restait une pour Giles.

— Merveilleux, grommela-t-il.

Prenant une poignée de composants, il avança vers les combattants.

Autre leçon : toujours porter le combat dans le camp ennemi.

— A trois, murmura Buffy à Angel tandis qu'un vampire esseulé passait sur le trottoir.

— Un…

Angel bondit sur le dos du vampire et lui écrasa le visage sur le sol.

— Deux, trois ! finit rapidement Buffy avant de le rejoindre.

Elle regarda les deux démons rouler sur le béton.

— Un coup de main ? demanda-t-elle d'une voix douce.

— Non, merci.

Angel s'accroupit sur son adversaire, qui se débattit sans succès.

Buffy remarqua qu'Angel s'était transformé pendant le combat. Deux paires d'yeux jaunes s'évaluèrent avant que le démon prisonnier ne détourne les siens.

— Que veux-tu, pantin de la Tueuse ? cracha-t-il. Tue-moi, ou laisse-moi partir. Je n'ai pas le temps de bavarder aujourd'hui.

— Tes insultes me brisent le cœur. Maintenant, dis-moi… Pourquoi ce soir est-il différent des autres ?

Le démon les regarda sans rien dire. Angel changea de position pour affermir sa prise, et remarqua quelque chose sur la manche de son prisonnier.

— Buffy… Regarde.

La Tueuse se pencha et étudia la tache verte désignée par son compagnon.

— Oh oh… on dirait qu'on s'est battu. Et pourtant, faire couler du sang de merrow n'est pas facile.

Une lueur s'alluma dans l'œil du démon.

— Les merrows… C'est leur nom ? demanda-t-il.

La Tueuse et le vampire échangèrent un coup d'œil.

Autant lui dire ce que nous savons. Aussi bizarre que ça puisse paraître, nous sommes du même bord… Dommage que Spike ne soit pas à Sunnydale. Je sais comment négocier avec lui.

— Les merrows, oui. Des mangeurs de chair humaine venus du fond des océans. Ils empiètent sur votre territoire ? C'est triste. Surtout que vous ne semblez pas vraiment les effrayer…

— Nous ferons couler leur sang jusqu'à ce qu'ils retournent à la mer ! Puis nous jetterons leurs corps déchiquetés dans les vagues d'où ils n'auraient jamais dû sortir ! Cette ville est la nôtre !

— Eh bien, fit Buffy. T'étais quoi, dans la vie, un acteur de série B ? C'est quoi, votre plan ? Combattre jusqu'à ce qu'il n'y ait plus qu'un seul survivant ? Très intelligent. Réaction typiquement démoniaque : ça bouge, je tue.

— Tu peux parler ! murmura Angel.

— J'ai entendu, grogna Buffy en réponse.

— Je crois qu'il nous a dit tout ce qu'il savait, conclut son compagnon.

— Très bien.

Seuls les réflexes d'Angel lui permirent de ne pas s'écrouler sur le trottoir quand le prisonnier se transforma en poussière.

— Désolée, soupira Buffy. Alors ? Tu penses qu'il était sérieux ? C'est la guerre ?

— J'en ai peur. Les démons sont du genre rancunier.

— Merci, j'avais remarqué. Dommage qu'on ne puisse pas les laisser s'entre-tuer. Ils ne vont pas s'arrêter là…

— En effet. Et si les merrows gagnent…

— Sunnydale sera infesté par des monstres que même le soleil n'arrête pas. Bon… Giles et Willow doivent encore être à la bibliothèque. Je veux qu'ils me donnent leur opinion. Arrêtons la bagarre avant qu'il ne soit trop tard.

Alex était épuisé et en sueur à force de frapper du merrow. Mais il n'avait pas peur. Enfin, pas trop.

J'ai vu de meilleurs effets spéciaux au Festival de films d'horreur, pensa-t-il.

Oz s'était agenouillé avant d'attraper son merrow par les jambes et de le faire tomber. Willow et Ariel n'étaient nulle part en vue. Peut-être avaient-elles réussi à s'échapper.

De l'autre côté de la pièce, Giles évita une

attaque, puis frappa un de ses adversaires dans le dos. De la poussière s'éleva. Quand Giles prononça quelques mots incompréhensibles, une lumière dansa sur les écailles de la créature, qui cria, puis s'écroula en gémissant de douleur.

Créatures surnaturelles : zéro, Observateur : un. Vive nous.

— Salut tout le monde !

Cordélia entra dans la pièce, se pétrifia devant le spectacle, puis chercha quelque chose dans son sac.

Qu'est-ce qu'elle fabrique ? se demanda Alex. *Elle décide d'apparaître quand j'ai des problèmes juste pour avoir le plaisir de me voir crever ?*

Une seconde plus tard – qui parut une éternité à Alex – Cordélia sortit de son sac un cylindre métallique et visa la créature la plus proche.

— Bouffe-moi ça, face de poisson ! cria-t-elle en lui pulvérisant une giclée de parfum dans les yeux.

La créature recula, ses mains griffues sur les yeux. Un cri suraigu retentit. Oz se boucha les oreilles, car ses tympans étaient sensibles à des fréquences inaccessibles aux simples humains.

Les merrows se tournèrent vers Cordélia, toujours à la porte, son vaporisateur à la main. Même si elle en aveuglait un deuxième, il en restait encore six.

— Heu… Au secours ?

Un cri monta d'un coin apparemment vide de la

pièce ; les merrows se tournèrent de nouveau. Le sort de distraction était brisé.

Giles se frotta les yeux, espérant qu'il restait des composants. Hélas, ses mains étaient vides.

— Zut !

Le cri d'Alex lui fit lever les yeux. Le garçon venait de lui lancer un morceau du tabouret. L'Observateur l'attrapa au vol, ignorant les échardes, et frappa la tête verdâtre la plus proche.

Sept contre quatre. Normalement, les humains n'auraient pas dû avoir une chance.

Mais depuis quand les circonstances étaient-elles normales à Sunnydale ?

Profitant de la maladresse des merrows, Oz fit un roulé-boulé puis les frappa aux genoux.

Deux monstres tombèrent comme des quilles.

— Willow ! cria Cordélia avant de désigner la porte d'un placard à balai.

Une cachette possible pour Ariel.

Puis elle recula : un merrow et Alex venaient de rouler à ses pieds, engagés dans une lutte sans merci. Le monstre ouvrit sa bouche, prêt à arracher un morceau de la cuisse d'Alex. Mais un coup d'escarpin pointu doucha son enthousiasme.

— Des Ferragamo, monstre ! souffla Cordélia en tapant une deuxième fois.

Alex leva le morceau de tabouret qu'il n'avait pas lâché et l'enfonça dans la poitrine du merrow. Du sang vert gicla ; la créature se figea, puis tomba raide morte sur le sol.

— On dirait que j'ai touché un organe vital, grogna Alex. Cordélia ! Derrière toi !

Oz se jeta sur le merrow qui s'était approché de la jeune fille. Giles acheva le monstre d'un coup de pieu à la tête. Les quatre merrows survivants, réalisant qu'ils n'étaient plus majoritaires, se précipitèrent vers la porte.

— Non ! dit Giles à Oz qui s'apprêtait à les suivre. Laisse-les… Ce sont des créatures des profondeurs, leur vision est meilleure dans l'obscurité. Ils auraient de nouveau l'avantage.

— Je ne discute pas les ordres, souffla Oz avant de se laisser tomber, épuisé, aux côtés de Willow et d'Ariel.

— Salut, les gars…

Buffy entra dans la bibliothèque et s'immobilisa en trouvant la pièce vide.

— Les gars ?

Elle huma l'air. Ça ne puait pas.

— Pas d'odeur, pas de sorts, pas de copains…, marmonna-t-elle en regardant autour d'elle, comme si elle s'attendait à ce qu'ils se soient cachés pour lui faire une surprise. Giles ?

Alors le bruit arriva à ses oreilles. Le son voyageait mieux dans les couloirs obscurs.

Un combat. Plutôt proche.

Ils ne sont pas là, et on se bagarre ailleurs, la déduction est simple…

Elle courut dans les couloirs, laissant son instinct la conduire vers le bâtiment de chimie.

Allongé par terre, Alex fixait le plafond.

— Aïe, gémit-il. (Puis il reprit, avec plus de conviction :) Aaaïïe !

Une voix retentit dans le couloir.

— Si ça continue, je vais me sentir inutile.

Ils levèrent les yeux pour voir Buffy adossée au chambranle de la porte, les bras croisés. Ses yeux pétillaient.

— Buffy ! cria Willow, sautant sur ses pieds. On a cassé du merrow !

— J'espère surtout qu'ils ne vous ont rien cassé. Ça va ?

— Aïe, répéta Alex en se relevant.

Adossé contre la paillasse, Oz fit un faible signe de la main.

— On a vu pire. Je survivrai.

— A mon avis..., commença Giles, avant de s'interrompre pendant que Willow désinfectait une petite plaie sur son front. (Il fit un signe pour refuser le pansement qu'elle se préparait à poser.) La magie marine doit créer une réaction en chaîne qui...

— Traduction, coupa Alex, leurs rituels ont attiré les merrows.

— Mais ça marchait ! dit Willow, déterminée à voir le bon côté des choses. (Elle se tourna vers Giles.) Le sort, je veux dire. Si nous utilisons du sel de mer...

— Le rituel aurait la résonance nécessaire, confirma l'Observateur.

— Et les merrows débarqueraient encore plus vite, dit Alex. Pour foncer droit sur Ariel.

— Génial ! lança Buffy, qui avait suivi la conversation.

— Il est logique de penser que les selkies sont souvent les proies des merrows dans leur habitat naturel, dit Giles. Je suppose que le mépris les pousse également. La capacité des selkies à vivre sur terre comme sur mer les dégoûte sans doute. Ils n'oublieront pas Ariel.

— Alors ? demanda Alex. Que fait-on ? On la cache en attendant que ça se calme ?

— Non, dit Buffy. On la sort de la ville.

— Buffy, protesta Giles, bien que je sois certain de…

— Soit la magie les attire, soit ils ont la nostalgie de leur plat préféré… De toute manière, je ne veux pas exposer Ariel au danger ! Si quelque chose vous arrive, à vous ou à Willow, elle ne pourra jamais retrouver sa forme naturelle. Et puis je n'aime pas avoir à travailler avec quelqu'un qui est complètement inutile au combat.

— Oui, en temps de guerre, avoir la charge d'enfants est déstabilisant, confirma Alex. Et en parlant de déstabilisant…

Angel venait d'entrer dans le laboratoire.

— Tu vas bien ? demanda-t-il à Buffy. (Il se reprit.) Vous allez tous bien… ?

— Ça t'ennuie ? cracha Alex.

— Buffy, j'ai vu les merrows dans les égouts. Je

voulais les suivre, puis j'ai compris qu'ils venaient du lycée…

Et tu as paniqué, conclut intérieurement Buffy.

— Tout va bien. Les merrows ont plus souffert que nous. Mais je crois que nous avons eu notre dose pour aujourd'hui…

— Les merrows : zéro, les humains : un, résuma Oz. Voilà un score comme je les aime.

— Que vont-ils faire maintenant ? demanda Alex. Se regrouper pour les prolongations ? Ils veulent le but en or ? La mort subite ? Oubliez ça, je suis fatigué…

— Ils pourraient retourner à l'océan, dit Angel. D'après mes observations, il n'y a qu'un seul groupe, conduit par un chef.

— Comme une équipe de foot ? demanda Willow.

Giles hocha la tête.

— Ça paraît probable… Qu'il y ait une seule équipe de foot expliquerait pourquoi nous n'avons pas été submergés.

— Une meute, dit Oz. Avec des luttes internes possibles.

— Le chef doit satisfaire ses troupes s'il veut garder sa place, ajouta Buffy. A mon avis, ils vont aller chercher de la nourriture sans risque – du poisson, par exemple – pour reprendre des forces. Ils attaqueront de nouveau dans quelques heures…

— Un peu de sommeil nous fera également le plus grand bien, dit Giles. Je veux dormir avant d'essayer de nouveau le rituel. Tu devrais aller te coucher, Buffy. Tu auras besoin de toutes tes capacités pour montrer à cette « équipe » de quel bois tu te chauffes.

— D'accord. Nous nous remettrons au boulot dans quelques heures... (La Tueuse regarda Angel.) Au moins ceux d'entre nous qui sont du matin.

— Je vais me procurer du sel de mer, dit Willow. Et nous renverrons Ariel à la maison.

Ariel poussa un petit cri joyeux. La jeune sorcière sourit.

Tu as au moins appris ce mot, hein ?

— Je suggère que nous prenions quelques précautions, dit Giles. Nous ferons le rituel sur la plage. Si les merrows attaquent, Ariel pourra s'enfuir par la mer.

— Et ce sera à mon tour de casser du merrow ! lança Buffy. Une tribu de tarés affamés d'humains à Sunnydale, ça me suffit. Avec deux, je n'aurai plus le temps d'aller en boîte.

— Je vais faire de mon mieux pour garder la violence au niveau minimum pendant que vous dormez, dit Angel. Mais je ne peux vous promettre mieux que quelques heures de calme.

— On s'en contentera, souffla Buffy.

CHAPITRE XV

— Quand j'étais petite, dit Willow, nous sommes partis en vacances dans le Maine. Tu te souviens, Alex ? Avec mon oncle et ma tante. Un matin, je me suis réveillée tôt pour voir le soleil se lever sur l'océan…

— C'était joli ? demanda Oz.

— Bizarre… Le soleil doit se coucher sur la mer, pas s'y lever. On aurait dit que le monde était tourné du mauvais côté.

Oz lui donna un baiser pour la réconforter. Puis un autre, plus long, pour le plaisir. Les trois amis étaient assis sur les rochers, près de l'endroit où Ariel était apparue.

Giles les avait envoyés se coucher, et, sans s'être concertés, tous s'étaient retrouvés chez Buffy. Ils avaient décidé d'y dormir. Sans succès. Ils étaient trop excités pour ça. Buffy avait appelé Giles, tout heureux de se remettre au travail.

Voilà pourquoi ils étaient dans le noir, en un lieu fréquenté par les merrows et les vampires.

— C'est moi, demanda Alex, ou cet endroit vous fiche la trouille, à vous aussi ?

— Un peu, avoua Oz.

— Non, commença Willow. (Elle se reprit.) D'accord, un peu…

L'obscurité lui faisait peur. Elle n'était pas rassurée à l'idée que les vampires patrouillaient… Bientôt viendrait l'aube, une merveilleuse tueuse de morts-vivants… Si les nuages voulaient bien disparaître. Willow scruta les cieux, puis se ressaisit. A Sunnydale, si on s'inquiétait des vampires, on ne vivait plus. Et ils avaient d'autres problèmes.

— Salut.

Les trois amis sursautèrent.

— Salut, Angel, dit Willow.

— Tout va bien ? demanda le vampire.

— Oui. (Alex désigna la plage.) On attend juste que Buffy et Giles aient fini.

— Soyez prudents. J'ai trouvé deux merrows déchiquetés à quelques kilomètres d'ici. Ce n'est peut-être rien, mais…

Il partit rejoindre Giles et Buffy.

— Lui aussi, il a le don de me remonter le moral, se plaignit Alex. Pourquoi personne ne nous donne jamais de bonnes nouvelles ?

— Parce que nous vivons sur la Bouche de l'Enfer ? avança Oz.

— Pas bête.

Lovée aux pieds de Willow, Ariel dormait profondément. Même l'arrivée d'Angel n'avait pas réussi à la réveiller.

L'attaque des merrows avait traumatisé la petite selkie. Elle les avait reconnus. D'instinct, elle avait su qu'elle était en danger. Pourtant quand Willow avait réussi à la détacher de son sweat-shirt – de longues minutes après le départ des monstres –, elle s'était aussitôt endormie.

Epuisement nerveux, avait diagnostiqué Giles.

Il avait raison. Quelques heures plus tard, Ariel s'était réveillée en pleine forme. La lumière était revenue dans ses yeux et elle semblait n'avoir gardé aucun souvenir de sa terreur précédente.

Les animaux sont comme ça, pensa Willow, *vivant dans l'instant et refusant de ressasser leurs peurs.*

Mais Ariel n'est pas un animal. N'est-ce pas ?

Sur la Bouche de l'Enfer, la question prenait un sens différent. Angel était-il une personne ? Pour Willow, la réponse était évidente. Oui, Angel était « quelqu'un », pas une créature. Etre une personne dépendait de la capacité d'aimer, de la conscience de ses actes et de la manière dont ils affectaient les autres.

Ariel est une personne, pensa Willow. *Une enfant, mais une personne. Et plus encore. Une amie*.

Quand ils étaient descendus de la voiture de Giles, la petite avait aussitôt couru vers l'océan. Puis elle s'était arrêtée quelques secondes plus tard, avant de toucher sa peau souillée.

Sa tristesse était telle que Buffy n'avait pu s'empêcher de la serrer dans ses bras.

— Même Buffy la verra partir avec regret, souffla Willow.

Sentant la mélancolie dans sa voix, Oz lui passa un bras autour des épaules.

— Ariel rentre chez elle, dit-il. C'est une bonne chose.

Willow se serra contre lui.

— Je sais. Seulement… Je n'ai jamais eu de petite sœur. Les autres ont toujours été plus grands.

— Pas moi, dit Oz.

Willow ne put s'empêcher de sourire et Ariel se réveilla avec un petit couinement. Elle s'étira, puis regarda les deux humains s'affairer sur la plage.

— Bonjour, dit Willow en souriant. Alors ? Prête ?

Ariel dut comprendre à son ton, car elle hocha vigoureusement la tête.

L'eau restait noire, mais l'écume des vagues était maintenant visible. Avec une mer si obscure, il était facile de laisser travailler son imagination, de voir des silhouettes sombres nager près de la surface, prêtes à vous entraîner dans les profondeurs.

— Entre les merrows et les défunts membres de l'équipe de natation, j'ai décidé de ne pas me lancer dans le surf, dit Alex.

— Sage résolution, commenta Oz.

Giles, Angel et Buffy parlaient en marchant. La Tueuse agitait les mains pour ponctuer son discours. Elle portait une ensemble de sport très moulant, et Willow sentit une résignation familière l'envahir.

Elle posa les mains sur ses jambes.

Bon, elles ne sont pas jolies-jolies, elles sont pâlottes, trop courtes, et loin de bouger aussi vite que celles de Buffy... Mais elles sont à moi, et Oz les aime.

Alex portait un tee-shirt et un bermuda si ringards que personne n'avait osé faire de commentaire. Oz avait choisi une vieille paire de jeans et une chemise de flanelle. Giles lui-même avait fait quelques concessions, de peur d'être mouillé. Il portait un jean repassé à la perfection et un sweat-shirt gris qui avait connu de meilleurs jours. Mais ses chaussures n'étaient pas adaptées au sable.

— On ne peut pas lui enlever son tweed. Giles en est tapissé à l'intérieur, dit Alex en suivant le regard de Willow.

— Vous imaginez Giles en short ? demanda Oz.

Alex frissonna.

— J'ai été assez traumatisé pour aujourd'hui, merci.

— *Dul abhaite anois* ? demanda Ariel d'une voix plaintive.

— Oui, tu vas rentrer à la maison bientôt... j'espère, répondit Willow.

Ariel se rassit dans le sable avec un sourire satisfait.

Pourvu que ça marche, pensa Willow, le cœur serré à l'idée d'un nouvel échec. Etait-ce ça, être parent ?

Je ne suis pas prête…

— Tu stresses, Willow, dit Alex.

— Vraiment ? Comment le sais-tu ?

— Depuis combien d'années je te vois stresser ? Arrête de t'inquiéter. Tu connais ton affaire.

— Oui, mais… Tu as raison. Pas de mais. Pas de stress. Je suis ultra-compétente. Willow, la sorcière bien-aimée !

Oz et Alex sourirent, mais Ariel avait bondi sur ses pieds. Elle venait de voir quelque chose, dans les vagues.

— *Anois dul* ?

Alex sursauta tant le ton de la selkie était aigu.

— Ariel, bon Dieu, descends d'une octave, tu veux ? Nous savons que tu veux rentrer chez toi. Tu nous le répètes assez !

— Bientôt, Ariel, dit Willow. Très bientôt.

— C'est parti, dit Oz en désignant la plage.

Giles fit signe à Willow de les rejoindre. Prenant la main d'Ariel, la jeune fille la conduisit vers Buffy, mais la petite lui tirait sur le bras, essayant de lui montrer ce qu'elle avait repéré.

— Nous devrions commencer aussi vite que possible, expliqua Giles. Le peuple d'Ariel est sans doute dans les environs. L'aube et le crépuscule sont les moments où les êtres magiques se rapprochent des humains… Et celui où ils se nourrissent. (Voyant l'expression de Buffy, il ajouta vivement :) Plus nous attendons, plus ce sera difficile pour elle de les retrouver.

— Je n'avais pas pensé à ça, avoua Willow. Croyez-vous qu'elle aura du mal à les rejoindre ?

— Ariel sait où elle se trouve, dit Buffy. C'est comme si elle rentrait du lycée pour revenir à la maison. Pas vrai, Giles ?

— Bien sûr. En supposant... (Il vit l'expression de Willow et se ravisa.) En supposant qu'elle réussisse à reprendre sa forme naturelle, bien sûr.

— Eh oui ! dit Buffy. On n'arrivera à rien si on ne s'y met pas !

— Exact ! Willow, nous avons de la place, donc nous ne devrons pas sauter les préliminaires.

— Un cercle, oui ! s'écria Willow. Nous allons dessiner un cercle rituel. Tu sais, Buffy, pour garder le bien à l'intérieur, se protéger du mal, tout ça...

— Tout ce que tu veux. T'inquiète pas, j'ai pigé. Oz et Alex surveilleront la route, Angel et moi, on s'occupe de la plage... Vous faites votre rituel, Ariel s'en va, et tout le monde rentre à la maison.

Le professeur Julian Lee ouvrit avec précaution la bibliothèque. Il ne se sentait pas à l'aise. On aurait dit qu'il entrait par effraction.

La bibliothèque est un endroit public, se répéta-t-il. *Je suis un citoyen respectueux des lois et j'ai tout à fait le droit d'être là...*

Pas à quatre heures du matin, lui dit une autre voix. *Pas avec l'intention de fouiller dans les affaires personnelles de quelqu'un.*

La fille rousse avait essayé de l'empêcher d'entrer dans le bureau, c'était clair. Il n'avait pas voulu leur forcer la main. Comment faire, d'ailleurs ? Mais il devait savoir ce qu'ils dissimulaient. Il fallait trouver un indice, une piste qui le mènerait au selkie avant que les dégâts ne soient trop graves.

Ils comprendraient quand il leur expliquerait. Ils ne seraient pas reconnaissants, mais comprendraient.

— Sinon, tant pis, murmura-t-il.

L'image du corps dépecé de Sean lui revint à l'esprit. Si les selkies n'étaient pas responsables de sa mort, ils avaient sans doute conduit les assassins sur la rive.

Tous. Ils étaient tous dangereux !

Il traversa la bibliothèque et ouvrit la porte du bureau.

Une heure plus tard, il bouillait d'impatience. Des livres, des articles, des index… Il y en avait des tonnes, mais rien d'utile. De nombreux ouvrages avaient trait à l'océan, mais peut-être étaient-ils là pour un exposé de biologie marine.

Lee refusait d'accepter sa défaite. Il jeta un regard à sa montre. Cinq heures. Il ne pouvait pas rester plus longtemps.

Une seconde. Quelque chose… Sous la table. Un morceau de papier froissé…

Il déchiffra l'écriture pressée. Des indications… Le nom d'une rue familière…

Le professeur Lee laissa échapper un soupir incrédule.

— Les imbéciles ! cria-t-il avant de se précipiter vers la porte.

Cordélia fit une pause devant la bibliothèque. La situation devenait ridicule. Giles lui avait assuré que les merrows éviteraient les endroits où il y avait foule… Ce n'était pas le cas, mais alors pas du tout, du lycée de Sunnydale un dimanche matin. Bref, l'endroit était dangereux.

Alors que fichait-elle là ? Elle aurait dû être chez elle, au lit. Si elle ne dormait pas assez, elle finirait par avoir des cernes.

Et ils ne m'ont pas demandé de venir. De toute manière, j'aurais refusé.

Mais la gamine, la fillette des mers… elle était si mignonne. La pauvre, loin de son peuple et de tous ceux qu'elle aimait…

Coincée ici. Avec ces ringards !

Il fallait la sortir de là. D'ailleurs, Sunnydale n'avait pas besoin d'une nouvelle créature surnaturelle !

Cordélia était venue jusque-là… autant se rendre utile. Aller sur la plage semblait trop risqué, mais elle pouvait jeter un coup d'œil au bureau de Giles, pour voir si Angel n'avait pas un rapport à faire, ou si un fax n'était pas arrivé avec d'importantes nouvelles. « Ici les merrows, nous avons décidé de rentrer chez nous. Merci pour tout. »

On pouvait toujours rêver.

En cas d'attaque, elle voulait être dans un endroit où il y avait des armes. Qui sait ? Les autres avaient peut-être trouvé un moyen de repousser les merrows… Un parfum, par exemple.

J'espère qu'il ira avec le mien…

Cordélia avança hardiment vers la porte et vit le Lee sortir en trombe de la pièce.

— Professeur ? Que…

— Où sont-ils ?

Cordélia cligna des yeux.

— Je vous demande pardon ?

— Ne faites pas l'idiote ! Vos amis ! La selkie ! (Il l'attrapa par les épaules.) Vous ne comprenez pas ? Vos amis courent un terrible danger !

Cordélia se dégagea.

— Du danger ? Que voulez-vous dire ?

Les merrows ! Il sait ! Non, comment pourrait-il… ?

— Vous pensez encore à cette histoire de selkie ? Buffy est plus forte que cette gamine, arrêtez de vous inquiéter…

Elle parlait dans le vide. Le professeur Lee était déjà parti, cherchant sans doute quelqu'un d'autre à enquiquiner

— Merveilleux. S'il commence à raconter notre vie à tout le monde…

Cordélia le suivit, se demandant comment l'arrêter. Il était tellement bouleversé qu'il faillit heurter les deux types qui nettoyaient le hall.

Que font-ils là un dimanche matin ? se demanda Cordélia. *Ah oui, ils gagnent leur vie.*

Et moi ? On est dimanche… Qu'est-ce que je fiche là ?

Je m'inquiète. Que je le veuille ou non.

Après avoir failli renverser son seau, Lee parlait avec un des membres de l'équipe de nettoyage. Cordélia arriva à temps pour entendre l'homme répondre.

— J'ignore ce qu'ils fabriquaient, cette fois !

— Ouais, grogna son collègue. J'aimerais bien qu'ils se décident à nettoyer derrière eux. Cette substance verdâtre... Mais le pire, c'est l'odeur. Je vais en parler au syndicat, et je peux vous dire qu'on reverra les conditions de travail...

Rien de tout cela ne parut satisfaire Lee. Murmurant un « merci » glacial, il repartit, Cordélia sur les talons.

— D'accord ! Attendez une seconde ! cria-t-elle, à bout de patience. En quoi Ariel est-elle une menace ? cria-t-elle en le rattrapant. Pour l'instant, celui qui agit comme un taré, c'est vous ! Donnez-moi une raison de ne pas prévenir l'hôpital psychiatrique le plus proche...

Lee la regarda sans la voir, comme s'il continuait à compiler des informations sans s'occuper de ce qu'il y avait autour de lui.

— La plage ! s'écria-t-il soudain. Voilà où ces abrutis sont partis. Ne savent-ils pas que le danger est encore plus grand près de leur élément naturel ? Sean ne l'a pas compris... Ils vont finir comme lui, dépecés, dévorés...

Il fila vers la grande porte.

Génial ! S'il arrive au moment du rituel et fait tout rater, qui croyez-vous qu'ils blâmeront ?

Furieuse, Cordélia lui emboîta le pas.

Buffy enfonça ses talons dans le sable et regarda un petit crabe vert s'éloigner vers la gauche. Monter la garde n'était pas désagréable… Ennuyeux, mais reposant. A cinq mètres de là, Alex accusait aussi un ennui profond.

Angel et Oz étaient de l'autre côté du cercle, fascinés par la scène.

Il fallait l'admettre, c'était intéressant… enfin, si on se passionnait pour les « mécanismes magiques », comme Giles les appelait.

L'Observateur et Willow traçaient un cercle dans le sable. Un vrai, pas un dessin approximatif. Ils avaient planté un bout de bois au centre et attaché une corde à un crayon pour obtenir un tracé parfait.

Buffy observa la scène attentivement : il ne s'agissait pas d'un bout de bois, mais d'un morceau d'acajou. Et ce n'était pas un crayon, mais un superbe coupe-papier d'argent. Celui qui avait été offert à Giles lors d'une convention des bibliothécaires.

Eh ben, au moins, il lui a trouvé un usage…

— Ariel ! cria Alex. Reviens !

La selkie avait profité d'un moment d'inattention de Willow et de Giles pour sortir du cercle. Elle fonça vers la mer, échappant à Alex qui essayait de la bloquer.

— Hors de question…, murmura Buffy en bondissant et en attrapant la gamine par le bras. (Ariel se débattit.) Eh, calme-toi ! Cool, fillette. Tu ne peux pas rentrer chez toi sans ta peau.

Angel la rejoignit, lui soufflant sans doute l'équivalent gaélique de « cool ». Son accent était différent de celui de Giles, mais la selkie ne réagit pas.

— Ariel ! appela Giles.

Il donna un ordre que Buffy traduisit par « reviens ici tout de suite ! ». Ariel obéit, et Willow redessina la partie du cercle effacée par la fuite d'Ariel.

— Maintenant ? demanda Giles.

Il passa son bras autour des épaules de la selkie pour la retenir.

— Maintenant.

Willow ouvrit une petite bourse de cuir, en sortit une poignée de cristaux, puis leva les mains, paumes tournées vers le ciel, avant de commencer le rituel.

— *Sous ta forme véritable je t'invoque.*

Une lumière se forma sur sa peau, turquoise, cette fois.

— *Sous ta forme véritable je te purifie.*

Dans l'obscurité, la lumière étincela, comme si de petits morceaux de mica y étaient en suspension.

Willow retourna les mains et les ingrédients du sort tombèrent sur la tête d'Ariel. L'odeur du sel de mer rappelait celle de l'océan.

— *Sous ta forme véritable je te libère.*

La première partie du sort terminée, Willow

attendit, tandis que Giles massait la peau de phoque avec les ingrédients. La lumière passa des mains de Willow à la tête de la selkie.

Ariel réussissait à rester immobile, mais son excitation était visible.

Willow reprit son chant.

Aegir, regarde ton enfant avec bienveillance.

Aegir, regarde ton enfant avec amour.

Délivre-la des liens tissés par les humains.

Rends-la aux eaux qui l'ont vue naître...

Permets-lui de rentrer chez elle.

La peau de phoque se souleva quand la lumière la pénétra et disparut. Giles et Willow enroulèrent Ariel dedans. Sur un signe de l'Observateur, Willow se concentra et tenta de contrôler le pouvoir qu'elle sentait couler entre ses mains.

— *Fanacht*, murmura Giles à la selkie. Attends. Encore une seconde...

Un cri, puis un choc. Quelque chose se produisait hors du champ de vision de Willow.

— C'est pas vrai ! grommela-t-elle en luttant pour ne pas perdre sa concentration.

Oz et Alex se battaient contre une troisième personne, tentant de l'empêcher d'entrer dans le cercle. Une personne hélas familière...

— Professeur Lee ! cria Willow. Non !

Angel fonça. Buffy le dépassa, faisant voler le sable sous ses chaussures. Elle vit Oz tomber, comprit que le coup de poing suivant allait mettre Alex hors de combat, et sut qu'elle n'arriverait pas à temps.

Giles prit Ariel dans ses bras ; Willow se plaça devant eux, criant un avertissement…

Le temps parut ralentir quand Lee bondit. Un de ses pieds atterrit sur le cercle, en effaçant une partie… Le sort se brisa avec un « crac » presque audible. Un vent tiède souffla alors que l'énergie s'échappait. Buffy entendit la voix de Giles.

— *Non…*

Le temps reprit son cours.

Ariel criait. Willow gisait, inconsciente, sur le sable. Giles était agenouillé à ses côtés ; il saignait du nez.

L'onde de choc magique avait aussi atteint Lee. Il était tombé par terre ; ses lèvres bougeaient mais aucun son n'en sortait. Puis ses yeux se posèrent sur Ariel, que personne ne protégeait plus. Il se releva et mit une main dans son blouson, cherchant quelque chose.

— Buffy ! Arrête-le !

Cordélia ?

La Tueuse n'eut pas le temps de se demander ce qu'elle faisait là. Evaluant la distance, elle sauta et envoya son pied dans la cheville de Lee. La force du coup aurait fait tomber un champion de football américain. Elle envoya Lee voler dans les airs. Il atterrit avec un petit cri de douleur.

— Ne me forcez pas à recommencer, dit Buffy en le bloquant au sol. Je vous ferais bouffer du sable avec plaisir ! (Elle se tourna vers les autres.) Quelque chose pour l'attacher ?

— Demandez et vous serez exaucé, dit Alex en tendant la main.

Sans un mot, Oz sortit une paire de menottes de sa poche et la lui tendit.

— Assez solides pour retenir un loup-garou, se réjouit Alex en les passant autour des poignets de Lee. Je pense qu'elles calmeront notre professeur.

— Merci, dit Buffy. Giles ? Comment va Willow ?

Le bibliothécaire leva les yeux.

— Ça ira. Elle est juste un peu étourdie.

Comme pour confirmer son diagnostic, Willow frémit, puis s'assit.

— Doucement, dit l'Observateur. Les retours de sorts ne sont pas à prendre à la légère.

— Quelqu'un a relevé le numéro du camion ? murmura Willow.

Ariel arrêta de gémir et avança, la peau de phoque toujours sur les épaules. Elle enlaça Willow et la serra dans ses bras.

— Oui, Ariel, je vais bien… Oh ! cria Willow, voyant l'aura magique. Le sort ! Il a encore été interrompu !

— Il faut tout recommencer ? demanda Buffy.

— Je ne pense pas que le moment soit bien choisi, dit Angel.

Buffy suivit le regard du vampire.

Une dizaine de merrows sortaient de la mer, l'eau étincelant sur leurs écailles gris-vert.

Cordélia, qui avançait avec précaution sur la plage pour ne pas abîmer ses chaussures, venait de rejoindre le groupe. Elle se pétrifia, un mélange d'incrédulité et de résignation sur son visage.

— Ça ne peut pas être pire, je suppose..., souffla-t-elle.

— Tu supposes mal, dit simplement Alex.

Buffy fit volte-face, ses instincts de Tueuse lui soufflant ce qu'elle allait découvrir. Les vampires sortaient un par un d'un gigantesque tuyau. Ils étaient dix, les yeux brillants de rage fixés sur les merrows.

Des merrows à gauche, des vampires à droite. Au centre, des humains (plus un vampire et une selkie).

— Les mecs, vous êtes vraiment des aimants à problèmes, vous savez ? lâcha Cordélia.

CHAPITRE XVI

Dans les moments de crise, il y a toujours un instant où le temps s'arrête.

Sauf pour la Tueuse.

— Cassez-vous ! cria-t-elle en poussant Cordélia, qui trébucha, faillit tomber, et se retourna pour foudroyer Buffy du regard.

— Pour aller où ? protesta-t-elle, désignant les vampires qui coupaient le chemin qui menait au van d'Oz.

— Merveilleux, soupira la Tueuse. (Elle sortit un pieu de sa ceinture.) Angel, avec moi ! Les autres, éparpillez-vous, fracassez quelques têtes et n'ayez pas l'air de cibles, d'accord ?

Au lieu de crier, de supplier, Lee était encore allongé à terre, les yeux rivés sur les merrows.

— Que quelqu'un sorte cet imbécile de là !

— Pas le temps, dit Oz avec son calme habituel.

— Au moins qu'on lui enlève ses menottes… et donnez-lui une arme !

Cordélia attrapa au vol les clés lancées par Oz et

courut vers le professeur Lee. Il la regarda, les yeux fixes, comme s'il ne la reconnaissait pas.

— Super, grommela-t-elle en le secouant pour lui faire reprendre ses esprits. (Elle le remit debout puis se hâta de rejoindre le groupe.) Je déteste ce genre de situation ! Vous savez pourquoi j'ai arrêté de vous fréquenter, bande de ringards ? Pour ça !

Elle sortit un pieu de son élégant sac à dos et soupira.

— Vous croyez que ça va ralentir les poissons ?

— Il faudra bien, dit Buffy. Faites de votre mieux. Il suffit de tenir les vampires à l'écart jusqu'à ce que le soleil se lève.

— Et les merrows ? demanda Alex.

— Nous nous en occupons, dit Giles.

La conversation s'arrêta là. Les deux groupes étaient sur eux.

Au moins, ça change ! pensa Buffy en frappant un merrow qui s'écroula. Les vampires n'hésitaient jamais, ils fonçaient, sautant à la gorge de l'individu le plus proche… à condition qu'il ait du sang dans les veines. Les merrows hésitaient entre les humains et les morts-vivants, comme s'ils ne savaient pas quel plat choisir.

Mais ils ne tombaient pas en poussière au premier coup. Giles avait raison, ils étaient leur principal problème.

Et ce ne sont pas des gourmets. Ils attaquent n'importe qui pour le plaisir de découper un corps en morceaux.

Du revers de la main, Buffy frappa un vampire, l'envoyant dans les griffes d'un merrow. Celui-ci se jeta sur lui, dents en avant… puis cracha la viande qu'il avait arrachée.

Giles avait raison. Les merrows ne savaient pas qui était comestible ou non avant d'avoir goûté…

Leur odorat n'est pas au point. Tant mieux pour eux, vu comment ils puent.

En conséquence, ils attaquaient tout ce qui bougeait.

— Oz ! Attention !

Buffy se précipita sur la créature qui menaçait son ami.

— Moi d'abord, poisson pané !

Le merrow se jeta sur elle.

Ce genre de situation, pensa Giles, *n'est pas prévue dans le manuel. Je devrais proposer un* addendum. *Que le Conseil refusera d'intégrer, bien sûr…*

Son pieu avait deux usages : le gros bout servait à cogner les merrows, le bout fin à transpercer les vampires. Ce n'était guère pratique. Pour tout arranger, ses semelles glissaient sur le sable.

Peut-être aurais-je dû écouter Willow quand elle m'a conseillé de conduire le rituel pieds nus… Mais je déteste avoir du sable entre les orteils.

Giles glissa pour de bon et atterrit sur les fesses. Le choc lui coupa le souffle. Alors qu'il luttait pour reprendre sa respiration, un vampire se pencha sur lui, la bave aux lèvres.

— Ariel ! Viens ici… euh… *abhus* ! Tout de suite ! ordonna Willow.

Prenant la selkie par le bras, elle foudroya du regard le merrow qui approchait. Le monstre ne se laissa pas impressionner. Sa bouche s'ouvrit et ses dents étincelèrent.

Willow sentit ses genoux trembler. Même devant un vampire, elle n'avait pas eu peur ainsi.

Ils ressemblent vraiment à des requins. Je me demande s'ils mangent des… Euh, non, mieux vaut ne pas se pencher sur la question.

Ils sont inhumains. Je veux dire… plus inhumains que les autres non-humains.

Le monstre fit un nouveau pas vers elles.

Mais une toux retentit derrière Willow, à la fois étrange et familière. Ariel cria, ses mains griffant la peau restée par miracle sur ses épaules. Les derniers composants du sort étincelèrent entre ses doigts et la peau sembla rouler, grandir, se glisser autour de la jeune selkie…

Willow cligna des yeux et tenta d'attraper Ariel… qui lui échappa sans difficulté, courant vers l'eau.

— Ariel !

La fillette plongea dans la mer. Un instant plus tard, un bras sortit de l'eau… Non, une nageoire ! La nageoire d'un petit phoque gris.

Willow ne vit plus que la silhouette de l'animal s'éloignant à toute vitesse du rivage.

Il a marché ! Le sort a fonctionné ! pensa Willow. *Il fallait seulement qu'Ariel l'accepte !*

Frustré par la disparition de sa proie, le merrow se tourna vers Willow et ouvrit la bouche, prêt à mordre.

Aïe !

Oz apparut, grognant de rage, comme s'il souhaitait que la lune fût pleine pour montrer à la créature qui avait de plus grosses dents.

Il se conduisait comme un imbécile, et le destin des imbéciles était de mourir. Lee lutta pour reprendre ses esprits, afin de ne pas finir en morceaux sanguinolents, comme Sean.

Où était cette arme ?

Sa main trouva la crosse. Lee sortit le pistolet de son blouson et visa une créature. On allait voir si ces monstres étaient vraiment immortels !

Une main griffue lui frappa le bras ; l'arme vola dans le sable. Lee plongea pour la rattraper, mais d'autres mains écailleuses l'attrapèrent par les épaules.

Il lutta de toutes ses forces, sans succès.

Les merrows l'entraînaient vers la mer. Vers le repaire des démons. Vers la mort.

— Non ! Je ne suis pas encore prêt, espèce de… !

Une vague l'atteignit au visage. Il se tut, luttant pour reprendre sa respiration. Il allait mourir dans l'océan. L'océan qu'il avait tant aimé et tant haï…

Quelque chose percuta les créatures qui le retenaient. Un phoque…

Non… Un selkie ! Ce doit être un selkie !

Maelen !

Impossible ! D'ailleurs, le selkie ne l'avait pas sauvé, juste poussé pour pouvoir combattre le démon. Qu'importait, cela lui donnait une chance de se libérer…

Lee rampa hors de l'eau. Il analyserait plus tard ce qui s'était passé. S'il y avait un « plus tard » !

Angel se souvenait parfaitement de l'effet du poison des créatures sur son organisme.

Très bien. Je vais utiliser ce souvenir comme arme, pour augmenter ma rage.

Il bondit sur un merrow, ses doigts arrachant les écailles et la chair. Du sang verdâtre coula et se coagula.

Leur sang est épais, nota Angel. *Riche en coagulants. Pas étonnant qu'ils aient si mauvais goût…*

Tuer des vampires était un plaisir solitaire. Il y avait Buffy et les méchants. Certes, les méchants pouvaient être nombreux, mais le risque de marcher sur les pieds d'un ami, dans la cohue, était nul…

Pas ici !

Buffy sortit de la mêlée, se frayant un chemin à coups de pied, puis enfonça son pieu dans le cœur d'un vampire plus acharné que les autres. Avant qu'il ne se transforme en poussière, elle vit qu'il portait un jean moulant et des santiags.

— Voilà une insulte à la mode réparée…

Elle avait à peine lancé sa plaisanterie – obligatoire après chaque vampire – quand des mains glaciales se posèrent sur elle. Un souffle froid et puant lui effleura le cou, lui donnant la chair de poule.

— On ne sortira pas ensemble si tu ne décides pas d'avoir une meilleure hygiène dentaire ! dit Buffy en flanquant un coup de coude dans le plexus de son assaillant.

La créature tenta de reprendre une bouffée d'air. Ou d'eau. Dieu sait ce que ces bestioles respiraient.

Buffy fut obligée d'accompagner la chute : le merrow avait toujours les griffes plantées dans sa chair.

Ses griffes ! Oh, non…

Elle sentit un froid mortel se répandre dans son bras, comme un anesthésiant.

Pas bon. Pas bon du tout…

Son organisme de Tueuse était censé lutter contre ce genre de poison.

Buffy roula de côté pour s'éloigner du merrow… Et une vague glacée s'écrasa sur son visage.

Erreur !

Ils étaient maintenant les pieds dans l'eau. L'élément des merrows… L'eau était si glaciale qu'elle en oubliait la douleur, dans son bras…

Avant que la Tueuse réagisse, le merrow commença à l'entraîner dans des eaux plus profondes. Le courant les faisait dériver vers le sud, les éloignant du reste du groupe.

Puis le monstre plongea sous une vague, entraînant Buffy avec lui…

L'eau l'entourait, l'oppressait, trouble et glacée… Elle emplissait ses poumons, l'empêchait de penser ; des mains froides et palmées la tiraient vers le fond, loin de l'air, loin de la vie.

Soudain, la pression se relâcha. Buffy creva la surface, prit une longue bouffée d'oxygène et chercha le merrow.

Quelque chose la frôla. Le merrow, le cou brisé, flottait à quelques centimètres d'elle.

Angel se redressa. L'eau lui arrivait jusqu'aux hanches.

— Voilà qui règle la question de l'effet de l'eau salée sur les vampires, dit Buffy.

— J'ai pris le risque.

Il lui tendit la main et elle la serra, grimaçant en sentant la morsure du vent sur ses vêtements mouillés.

— Oui, je…

Plus le temps de parler – trois merrows fonçaient sur eux. Buffy s'attaqua au premier, avant de s'aviser qu'elle avait perdu son pieu sous l'eau.

Le merrow sourit, dévoilant ses deux rangées de dents, et avança. Angel était occupé ; il tentait de contenir les deux créatures sans se faire griffer.

Plus loin, sur la plage, leurs amis combattaient toujours les monstres.

Etait-ce Giles, là-bas, inconscient sur le sable ?

Arrête ! Concentre-toi sur ce qui se passe ici et maintenant. Tu t'inquiéteras du reste après...

Le vampire qui se penchait sur Giles explosa en un nuage de poussière.

— Vous me remercierez un autre jour. Cordélia a besoin d'aide, dit Alex.

L'Observateur enleva ses chaussures et se redressa. L'idée d'avoir du sable dans les chaussettes lui déplaisait souverainement, mais il glisserait moins.

Cordélia était à une dizaine de mètres, coincée entre trois vampires et un merrow. Derrière elle, Lee, incapable de se défendre, semblait en état de choc.

Giles courut vers eux, s'abstenant de déranger en plein combat un vampire et un merrow.

Alex évita de justesse la collision avec un merrow, puis se jeta à terre pour échapper à une main griffue. Il tenta de rouler, glissa et, d'un coup de pied donné au hasard, propulsa son adversaire de l'autre côté.

J'y crois pas, ça a marché !

Mais le monstre n'avait pas l'intention d'abandonner. Alex cria quand des griffes aiguisées s'enfoncèrent dans son mollet.

— Eh, lâche-moi !

Il rampa sur le sable, traînant le merrow derrière lui.

— La daurade, laisse tomber avant que je te fasse avaler tes dents !

Prenant un gros caillou, Alex se contorsionna et frappa de plus en plus fort sur le crâne du merrow.

— J'ai dit : Lâche… moi !

Sur un dernier grognement, la créature s'écroula. Alex était libre. Il tenta de se relever… En vain.

— Je ne supporte pas le poisson…, gémit-il avant de s'écrouler.

Angel avait réussi à se rapprocher dans la mêlée. Les vampires et les merrows l'attaquaient tour à tour, avec leurs styles de combat différents. Pour l'instant, il tenait bon, mais pour combien de temps encore ?

Quand le soleil se lèverait-il ? Le démon qui sommeillait en lui n'était pas inquiet, l'aube devait être encore loin.

La nouvelle était excellente pour lui et mauvaise pour ses amis.

Angel regarda derrière lui.

Où était Buffy ?

Se battre dans l'eau était exténuant, Buffy en faisait l'expérience. Maintenant elle comprenait la vogue de l'aqua-gym. Le moindre coup de pied demandait deux fois plus d'énergie pour deux fois moins de résultat. Génial pour la forme, moins pour vaincre les méchants. Aucun de ses coups habituels n'était efficace.

C'est le moment d'improviser.

Plongeant sous une vague, elle s'efforça de garder les yeux ouverts malgré l'eau salée, cherchant une arme dans les fonds marins. Mais l'océan était si trouble qu'elle ne voyait que du gris.

Presque à bout de souffle, elle essayait d'éviter le vampire qui nageait à sa poursuite quand quelque chose passa à côté d'elle. La silhouette disparut, mais laissa tomber un objet.

Buffy le récupéra et fonça vers la surface, ses poumons en feu.

Quand le vampire bondit, elle le frappa de toutes ses forces avec l'objet – elle remarqua qu'il s'agissait d'un morceau de bois. La pointe avait été taillée, non… mordue ! Elle était acérée comme celle d'un crayon.

— Prends ça !

La poussière retomba sur l'océan, dessinant de jolies volutes que Buffy eut à peine le temps d'admirer avant que deux mains lui saisissent les chevilles et l'attirent sous l'eau.

Le cauchemar recommençait…

Même par un jour ensoleillé, l'eau aurait été sombre. Cette nuit-là, sous un ciel plombé, l'obscurité était terrifiante.

Le thème des *Dents de la mer* lui revint à l'esprit. Luttant désespérément, Buffy réussit à se libérer, le temps de reprendre sa respiration.

Elle entendit un son étrange – comme un aboiement, la version adulte du gémissement d'Ariel… Et elle comprit que l'être qui lui avait apporté le morceau de bois était un selkie.

Ariel ? Ou quelqu'un de sa famille ?

Peu importait ! Sur une inspiration, Buffy cria :

— Vous, sous l'eau, aidez-moi !

Des mains la saisirent de nouveau ; elle réussit à prendre appui sur la tête du merrow pour remonter.

— Nous les combattons, mais c'est de votre foyer qu'il s'agit !

Rien. Buffy se retrouva de nouveau immergée.

Ça m'apprendra à me faire des illusions sur les gens.

L'air commença à lui manquer. Ses poumons brûlaient ; la douleur était si forte qu'elle aurait voulu hurler au risque de se noyer. Son cauchemar devenait réalité…

Alors l'aboiement se transforma en une mélodie superbe.

Buffy sentit le pouvoir du chant traverser l'onde comme de l'électricité. Les autres merrows s'éloignèrent, attirés par les sonorités qui leur rappelaient qu'il existait dans l'océan des proies plus faibles qui ne se défendaient pas, ne donnaient pas de coups de pied et n'avaient pas de pieu.

Les mains lâchèrent Buffy, qui remonta à la surface.

Non. On ne s'évanouit pas…

La Tueuse s'accorda quelques secondes de récupération.

Les selkies s'occupent des merrows ; ils les attirent dans les profondeurs de l'océan d'où ils ne devraient jamais être sortis. Parfait. Bien sûr, il reste nos amis les blafards...

Buffy regarda le pieu qu'elle tenait et sourit.

L'instant suivant, le dernier vampire qui l'avait suivie dans l'eau explosa.

Quand elle émergea sur la plage, il ne restait aucun morts-vivants à combattre. Buffy fut satisfaite. Ses petits soldats avaient fait du bon travail.

Epuisée, elle se rapprocha du groupe. Le professeur Lee était là, vaguement honteux. Les autres entouraient Alex.

— Un mauvais coup de griffe, rien de grave, assura Giles.

— Super..., gémit Alex avant de retomber sur le sable.

— Bonne idée, dit Buffy, qui s'assit aussi.

Les autres l'imitèrent. Seul Angel resta debout, les vêtements trempés, et les cheveux plaqués sur son crâne. Il ressemblait à un rat noyé.

Bon, commenta Buffy intérieurement, *un grand rat, des plus séduisants, mais noyé tout de même...*

Surprise des surprises, elle réussissait à prononcer mentalement le mot « noyé », et même à en plaisanter sans frissonner.

Rien de mieux qu'un petit traumatisme pour faire disparaître une phobie.

— Ça va aller ? demanda Angel à la cantonade.

— Impec, souffla Buffy. Allez, file avant que le soleil se lève !

Le vampire l'observa, puis regarda la plage, où les dernières traces de sang vert étaient absorbées par le sable.

— Partez ! insista Giles d'une voix lasse.

Angel s'éloigna et disparut.

Buffy s'allongea par terre, tournée vers le ciel, qui prenait une teinte rosée.

— Des banana-split pour le petit déjeuner… ça vous tente ?

CHAPITRE XVII

La matinée suivante fut magnifique. Un de ces jours où rien de mal ne peut se produire.

Rupert Giles se méfiait de cette impression. Mais Sunnydale était un endroit étrange ; tout, même une journée calme, pouvait y arriver. Ce fut donc avec un optimisme mesuré qu'il ouvrit la bibliothèque.

Aucun désastre ne semblait avoir frappé. En guise de catastrophe, quelqu'un avait laissé une canette vide sur le comptoir.

Exaspéré, Giles la jeta dans la poubelle et commença à ranger les piles de livres qu'ils avaient compulsés. Après la bataille, la journée avait été calme. Les effets de la neurotoxine avaient disparu rapidement, et aucune blessure n'avait nécessité de visite aux urgences.

Tant mieux ! Je suis à court d'excuses, et les infirmiers ne croient plus un mot de ce que je leur raconte.

Par bonheur, il était souvent le plus « abîmé » du lot. Sinon, il aurait pu avoir des ennuis : ses lycéens faisaient des séjours un peu trop fréquents à l'hôpital…

Enfin… Alex avait raison, les habitants de Sunnydale étaient aveugles. Sinon, la cité aurait été depuis longtemps transformée en ville fantôme. Au propre comme au figuré.

Buffy, partie en patrouille la nuit précédente, avait noté une absence totale d'activité vampirique. Les morts-vivants devaient récupérer. Giles espérait que cela leur prendrait du temps.

La porte s'ouvrit, et Cordélia entra.

— Alors… ?

Giles attendit. Cordy dirait ce qu'elle avait sur le cœur. Elle ne s'était jamais retenue.

— Ariel est rentrée chez elle ? Je veux dire, elle n'est pas réapparue sur votre paillasson ou sur celui de Willow ?

Giles fut touché et surpris qu'elle s'en inquiète.

— Non. Le professeur Lee a parlé à Willow. Il semble que les selkies qui étaient dans nos eaux sont repartis. Ariel était sans doute avec eux.

— Bien. Et Lee ? Que fait-on de lui ?

— Les merrows sont ses nouvelles cibles. Il nous a aidés à rassembler des informations sur les créatures qui hantent nos côtes…

— Oh, fit Cordélia. (Elle s'adossa au comptoir et joua avec les lanières de son sac à main.) Alors il a abandonné sa chasse au selkie ?

— Hélas, non. Il est toujours convaincu qu'Ariel nous a laissés tomber en plein combat. Même si

Buffy affirme qu'un selkie l'a aidée… D'après lui, ils sont dangereux pour les humains.

— Oh…

Giles commençait à comprendre ce qui la travaillait.

— Il faut un certain temps pour surmonter une trahison, dit-il en posant des livres sur le chariot. L'amour est trop souvent remplacé par une autre émotion…

— La haine.

— La haine, confirma Giles. Ou la peur.

— Finit-elle par disparaître ?

Giles se tourna vers la jeune fille. Ses yeux étaient tristes, mais son sourire prouvait qu'elle était sur la bonne voie.

— Elle s'estompe… Avant d'être remplacée par le regret. Et parfois, le souvenir des jours heureux.

— Le professeur Lee sera-t-il capable de se rappeler les joies partagées avec sa femme ?

— Quand il sera prêt…

La sonnerie retentit, et Cordélia rassembla ses livres de cours.

— Je… je dois y aller. (Elle regagna la sortie, puis se retourna sur le seuil.) Merci…

Buffy arriva à cet instant.

— Salut ! lança Cordy.

Etonnée, la Tueuse répondit simplement « Salut » avant d'entrer dans la bibliothèque.

— Que lui avez-vous dit, Giles ? Elle m'a souri ! Un vrai sourire, pas du tout cordélien !

— Qu'as-tu fait ?

— Eh bien… Je lui ai souri aussi.

— Bien.

Buffy attendit des explications… En vain.

— D'accord, on passe à autre chose. Vous disiez que vous aviez un ouvrage sur les rêves ?

Giles lui indiqua une pile de livres sur la table.

— J'aurais dû insister pour que tu en apprennes plus sur ce sujet. Si tu savais déconstruire les images et les symboles, nous aurions pu éviter… (Il s'interrompit en voyant l'expression de sa protégée.) Un problème ?

Buffy hocha la tête. Elle prit le premier livre de la pile et le feuilleta distraitement.

— Willow… Elle est heureuse qu'Ariel soit rentrée chez elle, mais je crois qu'elle est blessée que la petite ne lui ait pas dit au revoir. Elle se sent abandonnée… Elle ne l'admettra pas, bien sûr et ne se permettra même pas de le penser… Mais je le lis dans ses yeux.

— Ariel est une enfant séparée de sa famille qui a eu la chance de la retrouver. Il est normal qu'elle oublie ses nouveaux amis. Willow comprendra… avec le temps. Et toi ?

— Ai-je réussi à surmonter ma méfiance envers Ariel ? Je crois. Il y avait ma peur de l'océan… Et peut-être un peu de jalousie. Mais pas seulement. Je serai toujours mal à l'aise face à des créatures non humaines.

— C'est possible, conclut Giles. Pas de cauchemar ? Pas de malaise ?

Buffy sourit.

— Rien. Aucune cicatrice affective. Et je suis heureuse que nous ayons réussi à renvoyer Ariel chez elle. Autant éviter que les petites sirènes viennent chez nous… Il n'y a déjà pas assez de princes charmants pour tout le monde…

Giles grogna et désigna la porte.

— Dehors ! Tout de suite !

Un livre sous le bras, Buffy obéit en souriant.

Achevé d'imprimer sur les presses de

BUSSIÈRE

GROUPE CPI

à Saint-Amand-Montrond (Cher)
en avril 2001

FLEUVE NOIR
12, avenue d'Italie
75627 Paris Cedex 13
Tél. : 01-44-16-05-00

— N° d'imp. 12337. —
Dépôt légal : mai 2001.

Imprimé en France